COLLECTION FOLIO

Nathalie Sarraute

Entre la vie
et la mort

Gallimard

Il hoche la tête, il plisse les paupières, les lèvres...
« Non, décidément non, ça ne va pas. » Il étend le
bras, il le replie... « J'arrache la page. » Il serre le
poing, puis son bras s'abaisse, sa main s'ouvre...
« Je jette. Je prends une autre feuille. Je tape. A la
machine. Toujours. Je n'écris jamais à la main. Je
relis... » Sa tête oscille de côté et d'autre. Ses lèvres
font la moue... « Non et non, encore une fois. J'arrache. Je froisse. Je jette. Ainsi trois, quatre, dix fois
je recommence... » Il plisse les lèvres, il fronce les
sourcils, il étend le bras, le replie, l'abaisse, il serre
le poing.

Et elle maintenant, sa compagne effacée, pose
son regard au loin, contemple une image... « Tout
le bureau en est jonché. » Elle parle d'une voix très
douce, sur un ton neutre... « Il les jette par terre. Il
sort en titubant. Parfois il est tout en nage. Quand
on lui parle, il n'entend pas. »

Son bras est comme une tige métallique articulée
qui se déplie et se replie. J'arrache. Je froisse. Je

jette. La tige appuie, s'incruste. Le geste répété se
grave. Encore. Encore et encore. Je reprends une
nouvelle feuille. Ses doigts s'agitent. Sur la page
blanche les mots, les phrases se forment. Miracle.
Comment peut-on? C'est un grand mystère. Son
regard court le long des lignes, il hoche la tête. Non
et encore non. Ainsi jour après jour je peine. Parfois je me réveille la nuit, je m'interroge. A quoi
bon tant de luttes, d'efforts? Pourquoi, mon Dieu,
pour quoi?

« Oui. Moi aussi. » Le bras reste replié, la tête
s'immobilise. Tous les yeux se tournent vers elle et
se fixent. Que fait-elle? Qu'est-ce qui lui prend?
   La pauvrette, comme elle a peur, elle rentre sa
tête dans ses épaules, elle voudrait se faire invisible,
elle ne sait pas ce qui lui est arrivé... C'est l'impulsion sacrilège, c'est le vertige du scandale, c'est
l'audace des timides, c'est le goût du suicide, c'est
un accès de fureur sournoise, c'est le besoin de des-
truction des enfants... Non, c'est un excès de candeur, l'innocence d'une âme très pure... Moi aussi
— tout simplement. Ne sommes-nous pas tous
pareils, tous semblables, des frères? « Moi aussi,
parfois, comme vous, la nuit surtout je me demande... »
   Il incline vers elle son visage tout amolli par l'indulgence... elle a raison, cette petite, ne suis-je pas
l'un des vôtres, n'ai-je pas votre forme, votre corps
périssable, ne suis-je pas faible et seul comme vous,
quand la nuit j'appelle?... ne vous ai-je pas montré
— et elle a su le voir — que je peine et doute comme
n'importe qui?... Des rayons fusent de ses yeux et
la caressent. Il opine de la tête lentement... « Ah,
vous aussi... »

Elle avance sa face plate sur laquelle s'étire un sourire d'idiote... ignore-t-elle vraiment les règles? Ne lui a-ton jamais expliqué? Mais c'est vrai, ce sont des choses qu'on n'explique pas, a-t-on jamais besoin d'expliquer ces choses... qui en parle?... il faut être vraiment obtus... manquer d'instinct, être aveugle, étourdi, dire tout ce qui vous passe par la tête... Maintenant elle commence à comprendre, mais un peu tard, tous la regardent et il attend... allons, puisqu'elle aussi, la nuit s'interroge, puisqu'elle aussi arrache et jette, voyons cela, c'est très intéressant... « Racontez-nous... » Mais elle rougit, elle bafouille... « Enfin non, je ne sais pas pourquoi j'ai dit ça... il n'y a rien de comparable... C'est vrai, qui suis-je, moi? Je ne suis rien... c'est bien normal que je me désespère...« Elle s'écarte, elle rentre dans le cercle.

Mais maintenant ils se sont piqués au jeu, le spectacle est trop amusant... leurs têtes s'avancent, ils se penchent, ils se regardent... Y a-t-il encore quelqu'un parmi nous? Y a-t-il encore quelqu'un, dissimulé ici?... Des yeux s'arrêtent sur moi. « Et vous? » On me tire. « Ne vous défendez pas. Nous savons. Allons, dites-le. Avouez. » On me pousse, on me jette devant lui, je tombe à ses pieds... Il me prend par le menton, il relève ma tête, il scrute mon visage... « Mais c'est vrai, pourquoi ne dites-vous jamais rien? Et vous, comment travaillez-vous? Racontez-nous un peu cela... » Je pousse de faibles couinements : « Moi? Moi? Mais pourquoi moi? Qu'est-ce qui vous fait croire? Moi je n'ai rien à dire. Moi ça ne présente aucun intérêt. Ça n'a aucune importance. Non, je vous en prie, ne vous moquez pas de moi... » Tout ébouriffé, échauffé, je me dégage, je cours me réfugier parmi eux.

Me voici de nouveau l'un d'eux, un chaînon anonyme. Nos yeux sont fixés sur lui. Nos regards appuient sur lui... « Continuez. Dites-nous. Vous aviez déjà commencé... Si on ne vous avait pas interrompu... mais on a perdu assez de temps... nous vous supplions... Ne nous faites pas languir... »

Il se tait. Sous la pression de nos regards il rentre en lui-même, s'enfonce... Il faut attendre. Il va ressortir, venir à nous... Le voilà. Il vient. Vers nous il s'avance... « Eh bien, si vous voulez. Moi-même je n'en sais rien... C'est une histoire bizarre... » On dirait qu'il se scinde, se dédouble. Une moitié de lui-même, déléguée auprès de nous, prend place parmi nous dans le cercle, avec nous à distance contemple, interroge... ensemble nous cherchons à percer le mystère, à expliquer le miracle. L'autre moitié restée au milieu du cercle s'efforce comme elle peut de nous aider... « Vous savez, j'ai été orphelin de bonne heure... un enfant unique, sans père. Pas aimé et trop aimé... » Mais nous hochons la tête... « Cela suffit-il ? Combien y a-t-il de par le monde de gens qui ont été des enfants malheureux... tenez, parmi nous, ici même... » Il en convient. Il cherche encore... « En moi deux sangs très différents se sont mêlés... Ma mère était savoyarde. J'ai par elle du sang italien. Mon grand-père maternel était berger. Même après son mariage il n'a rien voulu savoir pour quitter sa maison roulante. Il a fallu la naissance d'un second enfant. Mais ma mère est née dans " la carrosse ", comme on disait. Mon père était breton. Mâtiné de normand. Son père à lui... on dit dans la famille que je lui ressemble... dans sa jeunesse, il avait été marbrier. On raconte que parfois il lui arrivait de modifier les formules que son patron lui faisait graver sur les monuments, sur les stèles funéraires. Il était très gai, il aimait les facéties. Il croyait aux revenants, il racontait des histoires de fantômes... » Son regard attendri caresse ces parcelles infimes de lui-même, ces paillettes qui scintillent dans la terre grise, faisant pressentir déjà l'énorme gisement... tandis que la moitié qu'il a déléguée parmi nous, semblable à nous, avec nous dans un silence perplexe médite... « C'étaient des gens durs à l'ouvrage, mais heureux de vivre. Moi je suis plutôt anxieux. Toujours préoccupé. Ma mère me disait déjà, quand elle me voyait m'isoler dans un coin : Mais qu'est-ce que tu es encore en train de ruminer ? » Il sourit en écoutant les petits rires tendres, très légèrement scandalisés, qui partent du cercle. « Elle avait raison. Je ruminais toujours. Il suffisait parfois d'un simple mot... D'un certain mot qu'on avait dit devant moi, et aussitôt me voilà parti... Pour des heures... — Oh s'il vous plaît, dites-nous... Quels mots ? Quel genre de mots ? — Eh bien, je me souviens, tenez, qu'un jour... J'étais dans la cour de récréation... Je lisais un livre anglais... j'ai appris l'anglais de bonne heure... c'était un roman de Fenimore Cooper... un auteur que j'adorais... Un professeur s'est approché de moi, il a regardé par-dessus mon épaule et il m'a dit : Tiens, vous " faites " de l'anglais. Ce mot : faites... c'est comme s'il m'avait donné un coup. Depuis, chaque fois que je l'entends, employé comme ça... Des mots comme celui-là s'enfonçaient en moi. Ils me faisaient mal. Il fallait les extraire et les examiner. Ils révélaient un danger... Une présence inquiétante. Oui, certains mots. Ou certaines façons de les prononcer... Mais je pense que beaucoup d'enfants... ou même beaucoup d'adultes... Ce qui compte, voyez-vous, je crois, c'est ce tempérament de tâcheron... Comme mon grand-père. Mais moi je suis un tâcheron triste. Jamais satisfait. Mal doué. Le moins doué de tous. Oui, parfaitement. Ne souriez pas, c'est vrai. J'ai parfois la nostalgie de tout abandonner. De travailler de mes mains. L'ouvrier aux pièces, le balayeur de rues, le contrôleur de métro sont moins à plaindre que moi. Jamais un moment de répit. Dès que je me repose, je me tourmente : qu'est-ce que je fais là ? Je devrais être à ma table. Et me voilà de nouveau devant ma machine à écrire, en train de taper. Et puis je relis... »

Son regard glisse de gauche à droite, il plisse les lèvres, il hoche la tête... « Et de nouveau ça ne va pas. » Son bras tire, son poing froisse... « Oh non, il ne fallait pas... Qu'aurions-nous donné pour recueillir, pour conserver pieusement ces ébauches... C'est si précieux... Vous auriez dû nous les laisser... Tous ces états... » Il secoue la tête. Non. Impossible... Il faut se résigner : lui seul est juge. Il est la plus haute instance. La plus impitoyable de toutes. « Je prends une nouvelle feuille blanche. » Ses doigts s'agitent. Les mots s'alignent. Comment ? Un rythme dans la tête ? Une arabesque que les mots dessinent ? Sa tête tourne de gauche à droite... « Je lis la page d'abord très vite. Et alors, cette fois, peut-être... » Sa main droite tendue en avant s'abaisse. Ses doigts réunis comme pour le signe de croix se posent sur la page. La main se relève, s'abaisse de nouveau... « Je corrige. A la pointe Bic. Toujours. J'ai horreur des stylos. » Le bras pivote lentement sur le coude, fait un demi-cercle... « Je mets la page de côté. Je la laisse reposer. Je n'y touche plus, il faut attendre. Parfois la déception sera terrible, parfois il n'y aura pas un mot à changer. »

Avec elle il sent qu'il n'a rien à craindre... de son regard posé sur lui coule la confiance, et même, est-ce possible?... mais pourquoi cela ne serait-il pas possible, ici, entre eux? de l'admiration... Il peut rejeter les précautions mesquines, les ruses épuisantes... « Avec vous je peux parler... A vous je peux tout dire... enfin... dire ce qui compte... Il y a en vous tant de générosité... » Elle lève la main comme pour l'arrêter, comme s'il l'avait effrayée... « Mais voyons, il ne s'agit pas de cela entre nous... Vous m'avez apporté pour le moins autant... En lisant votre texte, j'ai pensé : Voilà ce qu'on attend pendant des mois, parfois des années... — Oui, j'ai eu tort de parler de générosité. La vôtre est au second degré, c'est celle qui fait du mot générosité, par le seul fait qu'on l'emploie, le signe de l'avarice... Pardonnez-moi, je me suis montré mesquin... » Elle rit, il sent dans son rire comme de la tendresse... « Non, vous êtes fou... Mais c'est vrai, ne me parlez jamais de générosité. C'est un mot qui n'a pas cours entre nous... » Comme sous l'effet d'un calmant, sous l'effet d'un euphorisant, tout en lui se détend, tout se relâche, s'amollit...

toutes les barrières dressées en lui, toutes ces haies de buissons piquants, comme celles qui entourent les lopins de terre bretons, qui le divisent en petites parcelles bien closes et empêchent celui qu'il a laissé pénétrer sur l'une d'entre elles d'aller où bon lui semble, ont disparu... elle peut entrer partout, tout est à elle, à eux deux, qu'elle s'installe où elle voudra. Mais elle n'a pas à s'installer. Elle est ici depuis toujours, elle a toujours vécu ici, ils ne font qu'un... « C'est étonnant à quel point je me sens proche de vous... Il me semble que vous comprenez tout... jusqu'aux moindres nuances. Déjà en lisant votre lettre, je l'ai senti... Je l'ai lue et relue... Je ne parvenais pas à croire que cela ait pu m'arriver, à moi... Une réponse pareille. Venant de vous! Vous qui êtes la première. La seule. Je n'ai jamais osé... A personne... Votre jugement... Rien d'autre ne compte. Je savais, en vous l'envoyant, que je risquais le tout pour le tout. — Et moi, voyez-vous, en vous lisant, j'ai pensé, bien que ce que j'écris soit si différent... — Oh... bien sûr... » il rejette légèrement le torse en arrière, comme effrayé — un mouvement qu'il regrette aussitôt de n'avoir pu réprimer, c'est une séquelle de son humilité passée... ou de son orgueil... un réflexe conditionné par tant d'années de solitude, par un si long effacement... « En vous lisant, je me disais tout le temps... c'est étonnant comme tout cela me concerne... ce qu'il y a, c'est que vous et moi, nous parlons la même langue... — Oui, n'est-ce pas? La même langue. C'est bien ça. Je l'ai toujours senti... C'est bien pour ça... Je n'en avais que plus peur... Mais maintenant je le sais : vous êtes... plus encore que je n'osais l'espérer... vous êtes d'ici. Elle lève les sourcils pour exprimer l'étonnement. Oui, c'est un mot à moi que j'employais quand j'étais enfant. Il y avait pour moi ceux d'ici et ceux de là-bas... C'était une sorte de ségrégation. Ceux de là-bas se révélaient tout à coup, toujours à leur insu, par quelque chose d'indéfinissable qui filtrait d'eux... une exhalaison... Je reconnaissais cela aussitôt. En y repensant, je vois que c'était toujours, justement, comme vous le disiez... cela suintait des mots qu'ils employaient, de leur façon de prononcer certains mots... Ces mots permettaient de déceler leur présence. Des mots qui là-bas s'emploient couramment sans que personne trouve rien à y reprendre... Mais même quelqu'un d'ici en les entendant n'oserait jamais... Ce sont des choses auxquelles on ne touche pas. Dont on ne parle pas. On reçoit ces mots sans broncher, sans oser faire un mouvement... — Quels mots? Dites-moi, cela m'intéresse énormément. — Eh bien, le verbe faire, tenez, par exemple... Je m'en suis préoccupé beaucoup dans mon enfance... C'est un verbe riche en possibilités... C'est une arme à plusieurs tranchants... Il produit parfois des ébranlements... Les ondes se répercutent très loin... Je me rappelle une lettre de mon oncle à ma mère où il lui avait écrit : " Je fais une pleurésie. " Ce mot " fais " employé ainsi... il m'a mis mal à l'aise... je ne savais pas pourquoi... il y avait là une sorte de soumission, une passivité d'objet, une humilité un peu abjecte... Et en même temps quelque chose qui s'étale, qui se vautre... Je fais une pleurésie. J'ai fait une crise cardiaque... c'est comme si on était forcé de toucher... je ne sais pas... Je sentais une répulsion, j'avais envie de m'écarter... J'ai toujours éprouvé cela quand quelqu'un de là-bas se révèle ainsi par un de ces mots. Ce sont des signes qui ne trompent pas. C'est étrange, si on leur parlait de cela, à ceux de là-bas, on aurait beau leur expliquer, ils ne pourraient jamais comprendre... » Elle scrute son visage. Son regard est attentif et grave... « Ou peut-être feraient-ils semblant de ne pas comprendre. Les gens sont peut-être moins différents que vous ne croyez... que vous n'avez cru, quand vous étiez enfant... — Oui, parfois maintenant je me dis qu'ils ne veulent pas... peut-être parce qu'ils sont craintifs, ou un peu paresseux, ou humbles... Ils n'osent pas se fier à leurs propres sensations, ils ne donnent droit de cité qu'à ce qu'on leur a montré, à ce qui est connu, reconnu, classé... Et comme personne ne leur a jamais parlé de cela... Personne ne leur a jamais demandé de ne pas employer ce mot, ni expliqué pourquoi... Il aurait fallu que ce mot ait blessé quelqu'un dont ils savent que ses blessures méritent d'être considérées avec respect... il aurait fallu pour qu'ils se laissent persuader que Baudelaire, par exemple, ait été blessé par ce mot-là et l'ai dit dans un poème, ou même dans ses carnets intimes... même dans une lettre, cela aurait suffi... Mais quand il n'y a aucune référence... — Oui. Je comprends... Mais quel âge aviez-vous quand vous pensiez tout cela? — Oh je ne sais pas... j'étais encore petit... peut-être sept ou huit ans... — Moi j'étais à cet âge-là un vrai bébé... Elle sourit tendrement, contemple une image d'elle-même... Je jouais à la poupée. Les mots pour moi, à cet âge-là... — Oh! vous avez dû oublier... C'est l'âge où les mots sont des jouets... qu'on ouvre, qu'on casse... on veut voir ce qu'il y a dedans... — Vous y jouiez beaucoup? — Oui, c'était une vraie manie... » Ici entre eux il n'y a pas d'indiscrétion, pas de réserve, pas de fausse modestie, aucune pudeur... Ici tout est pure spontanéité, élans, liberté parfaite de chaque mouvement... abandon... insouciance confiante... « Je crois même que ça a commencé avant, dès ma petite enfance. Mon lit avait encore des barreaux... Je me souviens... Assis la nuit dans mon lit je jouais aux mots... Ils prenaient toutes sortes de formes... Pendant des heures je les prononçais, avec toutes sortes d'intonations... Plus tard j'ai eu des périodes occupées par un seul mot... Il y en avait un, je me rappelle... il sent sur son propre visage un sourire tendre, sa voix s'amollit, se mouille... Le mot héros... hérauts claironnant... erre haut... un moine errant sur la montagne... » Elle se penche en avant... ses yeux clairs aux pupilles dilatées sont devenus transparents... au fond une petite lueur vacille... « Ah oui. Je vois. C'était, tout ça... Oui, ça faisait... vous faisiez vraiment enfant prédestiné. »

Regardez-le. Je l'ai ramené. Capturé au cours d'une brève razzia. Rien de plus facile. Ils ne demandent tous au fond qu'à se laisser prendre. Ils viennent d'eux-mêmes se livrer... Coquets... étalant leurs charmes... Captives consentantes qui espèrent en secret devenir l'épouse du roi.

Maintenant on a peur, on tremble, on voudrait retourner chez soi... Comment a-t-on pu se laisser aveugler au point de se mettre à la merci de ces brutes barbares? Perdre toute pudeur? Se commettre ainsi, s'encanailler?
Voyez ces regards de détresse que le pauvret jette à la dérobée autour de lui. S'il l'osait, il se

18

boucherait le nez. Les miasmes que nous dégageons l'incommodent. Il est si délicat...

Mais il est trop tard. On le tient. Ça lui apprendra. Il était là à rôder, cherchant à attirer notre attention, espérant qu'on l'aiderait à franchir nos lignes. Il a fait état de ses exploits. Il a pensé qu'il lui suffirait de déserter pour qu'on lui propose aussitôt chez nous un poste de commandement.

Mais il ne peut en être question. Voici vos papiers. Vous allez servir ici avec le rang d'aspirant. C'est déjà beau. La préposée à la distribution des vêtements d'un seul coup d'œil voit ce qui lui convient. Il n'est pas le premier dans ce cas, elle en voit tant. Il est déshabillé, on lui passe ses sous-vêtements, ils font partie de la tenue réglementaire. On lui fait endosser son uniforme.

Non, pas ça. Je ne veux pas... pas ça... Il tourne sur lui-même, il se déboutonne, il arrache ses vêtements... Non, je n'ai rien brigué... J'ai juste répondu honnêtement quand vous m'avez interrogé... Je ne songeais pas un instant... Je ne voulais pas, pour rien au monde... laissez-moi repartir, rentrer chez moi... J'ai été attiré dans un guet-apens... Il pousse des cris pitoyables.

Vous ne vouliez pas? Vraiment? Vous ne saviez pas ce que vous disiez? Vous osez prétendre cela? Vous ne saviez pas du tout ce que signifiaient vos réponses. Vous ne prétendiez à rien quand vous avez rempli les fiches, accompli les formalités. Vous n'avez pas voulu montrer que vous étiez digne de figurer parmi ceux-là, hein, les enfants prédestinés? Vous osez le nier? — Non je n'y pensais pas, je ne savais même pas que c'étaient des fiches.

Avec quelle encre invisible était-ce indiqué? Je n'ai vu qu'une feuille blanche sur laquelle j'ai tracé en toute sincérité... pourquoi aurais-je refusé? Chez nous on ne connaît pas ces fichiers, ces grades.. Je n'ai pas appris...

Il n'a pas appris. Voyez l'hypocrite, l'imposteur. Que vous disais-je? Il mérite cette tenue. Elle montre qu'il a été accepté sous toutes réserves. A titre provisoire. Parce qu'on a eu la bonté de céder à ses supplications. Vous faisiez enfant prédestiné. Jusqu'à nouvel ordre, puisque vous avez fourni tant de preuves... vous-même... C'était dangereux de vouloir soi-même prouver... En pareil cas, " faisiez " est ce qui convient. On ne reviendra pas là-dessus. Inutile de vous débattre, de protester. Vous faisiez enfant prédestiné.

" Faisiez. " C'est tout ce que je peux pour vous. " Faisiez " est juste et décourage les imposteur. " Faisiez " indique que vous avez voulu remplir les conditions, que vous êtes venu vous soumettre à nos lois. " Faisiez ", c'est tout ce que vous méritez, ne protestez pas. Vous faisiez — sans plus. Ça ne vous suffit donc pas?

Mais que veut-il enfin? Il veut — on a peine à croire à tant de prétention — il voudrait trôner, comme ça, sans autres preuves, sans plus d'efforts, parmi ceux qui sont admis sans réserve. " Faisiez " lui déplaît. Il " était ", figurez-vous... L'insensé essayait de nous faire croire ça. Il veut être déjà parmi ceux qui arrachent, qui froissent et jettent, ceux qui ont le droit de raconter comment, pendant que tout le monde dormait, ils se levaient et marchaient au clair de lune sur les bords des toits, raides dans leurs longues chemises blanches, parlant, récitant à voix haute, leurs yeux grands ouverts sur la nuit.

Hérault, héraut, héros, aire, haut, erre haut,
R.O., rythmé sur le bruit du train roulant à travers les plates plaines blanches. Les images surgissent l'une après l'autre, tirées de sa collection...

Hérault... la corne mauve aux contours mous
s'étend le long de la mer bleue. Son bout étroit,
recourbé, s'encastre dans l'Aude jaune. Dans son
creux sont insérés le Tarn orange, l'Aveyron vert.
Le Gard rose bouche l'ouverture de la corne...

Héraut... Il s'avance lentement, très droit sur
son cheval caparaçonné. Il est coiffé de sa toque de
vair, revêtu de la dalmatique de velours violet. Il
tient dans sa main le caducée. Ses cavaliers le
suivent. Tout bouge et chatoie, les bannières, les
étendards, la soie, les broderies d'argent et d'or, les
joyaux, les fourrures, le cuivre des trompettes,
l'acier des armes...

Héros... Il est étendu sur le dos sous le ciel sombre
plein d'étoiles. Son bras droit est replié. Sa main
raidie serre la hampe du drapeau déchiré qui
couvre son visage et le haut de son habit blanc...

Aire haut... le brouillard s'écarte et découvre le
nid d'aigle dans un creux du rocher à pic. Tout en

bas, dans la vallée, les maisons sont de minuscules cubes blancs et gris...

Au suivant : Erre haut... Voici le moine dans sa robe de bure. Le vent qui souffle à travers la montagne agite ses cheveux. Il marche à grandes enjambées. Ses pieds nus foulent l'herbe rase, les courtes fleurs violettes, jaunes, blanches...

R. O... R, sur ses pattes écartées de bouledogue attend. O, le cercle est bouclé. Tout se referme et on recommence...

Hérault... La branche immobile du pin parasol s'étend au-dessus de l'auvent recouvert de tuiles arrondies orange et roses. Elles descendent en pente douce, leurs petites voûtes s'emboîtent les unes dans les autres. Dans les rainures, entre les rangées, il y a des traînées d'aiguilles de pin jaunies, quelques pommes de pin...

Héraut... — Mais qu'est-ce que tu marmonnes depuis une heure? Tu parles tout seul. Tu ne regardes rien. C'est pourtant si joli. Combien d'enfants seraient ravis de pouvoir faire un pareil voyage. Mais tu ne vois rien. Je te l'ai dit souvent : l'essentiel, c'est d'être capable d'attention, de posséder le don d'observation. Il est pourtant si aigu d'ordinaire à ton âge. Mais tu es toujours tourné en dedans, en train de ruminer. Dis-le-moi, mon chéri, tu as de nouveau tes « idées »? Tes peurs? — Non. Pas ça... Mais ça tourne dans ma tête... C'est juste des mots... Ils tournent dans le bruit du train... — Regarde, on abat des arbres. Ici toutes les maisons sont en bois, tu as remarqué? même les églises... les forêts sont une des grandes richesses de ces régions. On a dû te l'apprendre en classe de géographie... C'est pareil dans tous les pays du Nord, tu verras, nous irons aussi un jour en Suède... en Finlande...

Il perçoit en elle le petit crépitement familier : c'est cette paresse inquiétante, comme chez son oncle... il était si doué, et puis un beau jour il a coupé le fil du téléphone, il a jeté le chat par la fenêtre, il a fini lui-même par sauter... maintenant il erre... errent haut, non, pas ça, c'est fini, arrêtez... des formes blanches avancent entre les croix et les cyprès... cachez-le, couvrez ce tableau, là, sur le mur... je ne peux pas m'empêcher de le regarder... réveille-toi, c'est un cauchemar, quel enfant nerveux tu fais... regarde... La plaine blanche s'étend sans fin avec des bosquets de bouleaux, des sapins couverts de neige... des bras de fantômes se tendent... où sommes-nous emportés? je veux revenir, arrêtez... mais ne crie pas comme ça, tu es fatigué, ça ne m'étonne pas, le voyage est si long, ferme les yeux, ça te reposera... la procession de moines la tête couverte de cagoules blanches s'avance lentement... héros couché sur le dos dans le cercueil couvert du drap mortuaire, entouré de cierges... Hérault... tu ne sais pas tes sous-préfectures... erre haut... mais tu marmonnes de nouveau, ça te reprend...

Hérault, héraut, héros, aire haut, erre haut, R.O... le bruit du train a accroché cela, le bruit cadencé des roues va traîner ça pendant des heures, les images se succèdent de plus en plus vite... aussitôt le mot prononcé, l'image apparaît... les mots tour à tour les soulèvent, les sortent, on peut les intervertir sans ralentir leur mouvement rythmé

sur le bruit des roues... Il n'a plus prise sur elles...
il ne peut plus les arrêter... c'est comme se ronger
les ongles, extraire les crapauds de son nez, sucer
son pouce... comme les démangeaisons que pro-
voquent les éruptions, l'agitation monotone que
donne la fièvre... elle se penche sur lui, elle passe
ses doigts sur son front, elle palpe la moiteur de son
cou, elle le prend par les épaules, elle le force à
s'asseoir bien droit et elle lui montre : « Regarde
donc ce qui arrive... regarde par la fenêtre... là-bas...
ce cheval arrêté, tu vois, il ne peut plus avancer, la
neige est trop épaisse, la route est barrée... regarde
ce qu'il transporte. Moi je ne distingue pas bien.
Qu'est-ce que c'est ? — C'est un chargement de bois.
— Quel bois est-ce, crois-tu ?... et il se prête à cela...
comme le chat qui se tourne docilement quand on
lui cherche ses puces, comme le chien à qui on
arrache délicatement avec quelques poils les tiques
incrustées dans sa peau... il se laisse faire... il sait
que c'est pour son bien... — C'est du sapin ou du
bouleau. — Tu en es sûr ? Pourquoi ? — Mais parce
que ce sont les arbres qui poussent ici. C'est pour ça
que toutes les maisons... — Tu te rappelles, tu disais :
Quand je serai grand, je construirai des maisons
hautes et étroites comme des tours... tu jouais aux
constructions... tu crois que tu aimerais encore ?...
Il opine de la tête... Mais il faudrait, mon chéri,
que ton calcul marche mieux... il faut être très fort,
tu sais, pour construire des maisons, des ponts...
Je parie que tu as oublié l'addition des fractions...
— Non, demande-moi, tu verras. »

Le voilà nettoyé, soulagé... maintenant juste ça...
« Je t'ai entendu tout à l'heure... » il se rétracte
légèrement... elle se penche, allons, encore un peu
de patience et ce sera fini... « Tu répétais un mot...

— Oh non, ce n'était rien. — Si. Dis-moi. Qu'est-ce que c'était? Tu avais l'air si absorbé... » Il faut être raisonnable, c'est pour son bien... se laisser faire... « Je répétais le nom d'un département. Hérault — Ah c'est ça... tu disais par moments Héraulltte... en orthographe tu es très fort. Tu te souviens encore des chefs-lieux et des sous-préfectures? — Oui. L'Hérault, chef-lieu Montpellier, sous-préfectures : Sète, Béziers... — Bravo. Et qu'y a-t-il autour? — Autour... il se sent content, apaisé comme en retrouvant dans un jeu de puzzle la place d'un fragment... maintenant il suffit d'appuyer avec la paume de la main pour le faire rentrer et il va s'emboîter... Autour : d'abord en bas la mer... — Quelle mer? — La Méditerranée. Le golfe du Lion. Et puis, de gauche à droite, ou mieux, de l'ouest à l'est : l'Aude, le Tarn, l'Aveyron, le Gard. »

Qu'est-ce que tu rumines encore? regarde plutôt par la fenêtre comme c'est joli, regarde ces petites maisons... à ton âge, je pouvais rester devant elles pendant des heures, mon cœur fondait... ces fenêtres ouvragées... comme des dentelles, regarde ces jolies couleurs... et tous ces pots de fleurs, ces rideaux blancs... c'est comme les maisons des contes de fées... celle-ci... tu la vois? tu te rappelles celle sur trois pattes de poule? c'est elle... tu ne crois pas?...

Viens voir les petits lapins, n'aie pas peur, étends ta main, c'est doux, n'est-ce pas? on dirait de la soie... caresse-les... là... comme c'est doux... Et ces agneaux nouveau-nés, tu vois, leurs pattes sont encore molles, ils titubent... cette plume, elle est jolie, tu as raison, il faut la garder... et ce marron, comme sa peau est lisse... tiens, sens cette mousse... si tu fermes les yeux, tu pourras mieux sentir l'odeur... c'est d'une fraîcheur... regarde les ombres des branches qui se reflètent dans l'eau, on les voit trembler... et ces feuilles de toutes les couleurs, ces fleurs, ces sources, cette herbe, ces cailloux, ces écorces...

Des ondes qu'elle émet... un courant sorti d'elle le traverse, lui fait étendre la main et la promener sur la fourrure des lapins, sur le duvet des poussins, sur la tête pelucheuse des agneaux, sur la peau sèche et tiède de la plante des pattes des petits chats, des chiots, sur les bourgeons collants ou couverts de poils soyeux, sur les plumes, sur les pétales, lui fait lever les yeux vers les nuages, le ciel, les cimes des arbres, le fait se pencher pour ramasser des feuilles mortes et les lui rapporter, les poser sur sa robe, entre ses genoux écartés, et attendre... elle va lui dire : comme elles sont jolies... regarde ces couleurs... pourpre, cuivre, or, fauve, orange, rouge vif...

« Regarde ce que je fais. D'un seul mot je peux faire surgir des images de toutes sortes. On peut les varier... — De quels mots, mon chéri ? — Par exemple du mot Hérault... Il en donne plein... il suffit de le prononcer, l'image sort. Hérault... et je fais venir la maison de Tatie. Héraut... un héraut s'avance sur la route, vers le château fort... Héros... un officier en habit blanc... il crie, il s'élance, ses hommes le suivent... Aire haut... on bat le blé sur un haut plateau, la menue paille vole, les ânes et les chevaux tournent... Erre haut... une cordée perdue dans la tempête de neige... et à la fin R.O. Et crac, tout s'arrête. C'est comme un paquet de cartes qu'on a déployé et qu'on referme. — Mais comme c'est amusant. Mais tu sais, il me semble qu'il t'en manque. Tiens, en voilà d'autres, je vais t'en donner. Tu as

Air haut... Une belle princesse qui descend fièrement les marches de marbre rose de son palais. Elle se tient tête haute. Les courtisans s'inclinent sur son passage. Elle regarde au loin d'un air pensif... Et encore Air, oh... Un moribond sur son lit à baldaquin... Ce serait un baldaquin de serge, couleur pourpre... l'homme halète, il étouffe, ses lèvres s'entrouvrent, il prononce difficilement : air... et puis sa tête retombe, il rend le dernier soupir : Oh... Il y a aussi Air. Eau. Y as-tu pensé ?

— Non. R.O. maintenant. Rrrr... le gros bouledogue se tient sur ses pattes écartées.. sa gueule est grande ouverte, attention, il va te mordre, il se jette sur toi, tous ses crocs en avant, ouah, ouah, ouah. Non, va, n'aie pas peur. Voilà O. Tout est annulé. Zéro.

— A quoi penses-tu, mon chéri ? Tu es là tout rencogné... Tu marmonnes comme un vieux grand-père... — Je ne marmonne pas... — Si, je t'ai entendu, tu parlais d'un héros... Tu te racontais des histoires... — Non. Ce n'était rien. C'était juste des mots.

Elle attend, elle se tend, elle s'ouvre pour absorber, elle savoure l'avant-goût de ce qu'il va lui lancer : les contes de fées, les pays des merveilles, les joutes de chevaliers, les explorateurs descendant sur leurs radeaux les rivières infestées de reptiles, marchant dans la brousse, dans la jungle où les guettent les sauvages aux têtes emplumées, aux faces peinturlurées, parcourant les étendues glacées sur les traîneaux attelés de rennes, de chiens, dormant sur des arbres, sous la tente, dans des igloos... elle va happer

cela, l'avaler... et il lui jette juste cet os desséché,
rond, lisse, nu... pas le plus petit lambeau comes-
tible dessus qu'elle puisse arracher, qu'elle puisse
lécher... Rien. Juste des mots.

Des mots... Oh le trésor.. il a dit : « des mots... »
dans son innocence, dans sa candeur, avec cette
pudeur, il a dit cela : non, ce n'est rien, c'est juste
des mots...
Juste des mots... à elle, cela a pu arriver... Tous
ces espoirs, toutes ces prémonitions pendant qu'elle
le portait, cette prescience, cette certitude, cette
fierté quand on le lui a montré, quand on l'a posé
dans ses bras... Cela paraissait insensé... Mais qui
a dit que ce sont toujours les fous qui gagnent? Il
n'y avait pas la moindre raison de croire qu'elle,
entre toutes, un jour serait visitée. Il y avait bien eu,
dans la famille, un grand-oncle violoniste, une
grand-mère qui avait tenu un journal au cours de
son voyage aux Indes... des extraits en avaient été
publiés dans la *Gazette du Poitou*... Mais de là à
oser penser... C'était dément. Et voilà que cela
s'est réalisé... est-ce possible?... Juste des mots...

Le méchant, le petit pervers qui prend plaisir à
la faire souffrir, il a voulu la repousser, il a cherché
à la décevoir, il a cru qu'il pourrait la tromper
quand il a laissé tomber cela de sa bouche maus-
sade, avec son air de petite brute renfrognée...
Non, ce n'est rien. C'est juste des mots.

« Des mots... Il se répète des mots. Il joue avec
des mots... et pourtant on ne lui dit jamais rien
pour le pousser, on évite de l'encourager, ces
choses-là doivent venir naturellement, et les

enfants sont si malins, ils sentent si bien l'admiration des adultes, ils sont si comédiens... Je savais qu'il a beaucoup d'imagination, ses devoirs de français sont déjà si bien tournés, mais vous avez raison... tous les enfants... je savais que ça ne signifiait rien. Je voyais ses lèvres remuer, il se parle à lui-même pendant des heures... je pensais qu'il se racontait des histoires... je sais, c'est ce que font tous les enfants... bien sûr, il est particulièrement sensible... il était encore tout petit quand il fermait les yeux pour renifler la mousse, l'herbe fauchée, il avait l'air extasié... il aimait passer sa main sur l'écorce des arbres, il ramassait des feuilles d'automne et il les assemblait et restait là sans bouger, à les contempler... mais ça... je sais ce que vous me direz... seulement vous avouerez... vous savez bien que les mots... les mots tout seuls, pour eux-mêmes, avec leur aspect, leur poids, leurs chatoiements, leurs résonances... il passe des heures à les tourner et les retourner... il faut voir par moments son air presque hébété... — Oui, les têtes avec componction s'inclinent, il faut dire que ce penchant juste pour les mots... il y a là probablement, en effet, un signe... »

Il sent leurs regards qui l'effleurent comme en passant, comme se dirigeant ailleurs, il perçoit leurs chuchotements, même pas leurs chuchotements, il connaît ces échanges muets entre eux... tandis qu'elle le pousse devant elle...

Personne ne donne un centime à aucun des autres, de ceux qui quêtent, tenant dans leurs mains des feuilles d'automne, des bourgeons, des chatons, tendant des images de hérauts, de moines, de nids d'aigle, de pins parasols, d'auvents... mais elle a déposé dans la sébile qu'il leur tend quelque chose qui va les inciter à se montrer généreux... une belle pièce d'argent... Juste des mots... Les doigts fouillent dans les poches, dans les sacs à main... Voilà. Prenez : « C'est un des signes... un de ceux qui comptent... » « S'il y a quelque chose qui distingue un écrivain, c'est vraiment ça. » Celui-ci ouvre sa main pleine : « Un poète n'est pas, comme on le croit, celui qui sait mieux que d'autres regarder la terre et le ciel, écouter le bruit de la mer, le gazouillis des sources et des oiseaux, un poète, vous en serez un, mon petit ami — les pièces sonnent, elle salue bien bas — un poète, on l'a dit et c'est vrai, c'est celui qui sait fabriquer un poème avec des mots. »

C'est sorti malgré lui : le premier mot venu. Il savait que ce n'était pas le mot qui convenait, il a saisi maladroitement ce mot au lieu de l'autre, il est si gauche, ses réflexes sont si lents, il a perdu la tête quand ils sont venus lui demander de se joindre à eux... cela n'arrive jamais... ils avaient sûrement besoin d'un joueur pour faire nombre... quelqu'un a dû au dernier moment refuser... il le savait, mais il a été comme balayé, une vague de bonheur a déferlé sur lui et l'a renversé, il s'est agrippé à n'importe quoi, à ce mot...

Il a été trop désinvolte, il était comme le joueur qui voit tout à coup monter devant lui un grand tas de pièces d'or et qui sûr de sa chance le pousse tout entier sur un nouveau nombre... Il a pris ce mot, dont ils se servent, et comme si ce mot lui appartenait aussi à lui, comme s'il était, lui, devenu semblable aux autres, l'un d'entre eux, négligemment il l'a avancé devant eux... « Qu'est-ce qu'il a dit? » Leurs rires déferlent...

Il est tout rouge, renfrogné, il est si empoté, si empêtré... il n'y a rien à faire, il ne sait pas jouer... il y a en lui quelque chose... Mais qu'est-ce que c'est? Qu'y a-t-il en moi, Madame, dites-le-moi... C'est quelque chose dont je ne m'aperçois pas, c'est comme une odeur que les autres sentent... Je suis pourtant exactement pareil à eux. Tout pareil. Juste un peu timide. Cela me conduit parfois à être maladroit. A trop oser... C'est peut-être ça? C'est le sens du ridicule qui doit me manquer... aidez-moi, je voudrais savoir, je ne demande qu'à me corriger... Elle soulève ses lèvres molles qui se retroussent très haut, dénudant ses gencives... Oui. Il est bien certain que vous faites assez inadapté...

Je suis perdu, j'ai peur, je suis seul dans le camp ennemi... sans défense... protégez-moi, j'ai été déposé dans une région dont j'ignore les coutumes, les lois... il y a là un mystère... une menace cachée... personne ne veut m'éclairer... — C'est vrai, vous ne savez pas. Ce sont des choses pourtant qu'on sait de naissance. Ça ne s'apprend pas. Ou plutôt on apprend cela tout naturellement, sans en être conscient, comme on apprend à se tenir debout ou à parler. Mais vous, c'est vrai, vous faites inadapté.

Ils sont comme des lutins, des gnomes malicieux... ils se roulent par terre, ils sautent à pieds joints des lits, des fauteuils, ils se jettent l'un sur l'autre sans raison et se battent... tous leurs gestes ont un air désordonné, distrait, un peu hagard... ils les interrompent sans cesse comme poussés par on ne sait quelle brusque impulsion, quel désir vague aussitôt oublié... ils glissent, se balancent, grimpent, s'enlacent, se donnent des bourrades, ils ont des fous rires, des sourires... ils savent ce qui les a provoqués sans rien se dire ou peut-être y a-t-il entre eux un langage qu'eux seuls perçoivent, des signes entre eux, qu'il ne connaît pas... Ils s'agglutinent tout à coup, se serrent, se disent tout bas des mots... ils pouffent de rire, ils se poussent du coude...

Leurs regards glissent sur lui comme sans le voir, ils n'ont pas l'air de sentir sa présence, de s'apercevoir qu'il est là tout tendu vers eux, les yeux fixés sur eux, observant tous leurs mouvements, planté là devant eux comme devant la cage aux singes, la fosse aux serpents... On se sent, n'est-ce pas, si différent... tout fier de l'être et en même temps on aimerait bien avoir leur corps flexible qu'ils plient, déplient, roulent, jettent, leur gaîté, leur insouciance... C'est bien connu, tout ça, c'est vieux comme le monde, cela a été depuis longtemps décrit, c'est depuis longtemps classé... Elles tiennent dans leurs mains un peu enflées... les bagues enfoncées dans la chair molle des doigts font des bourrelets... les bouts des doigts grassouillets aux ongles d'un rouge vif se redressent légèrement... il y a là quelque chose de répugnant qui donne envie de détourner les yeux... elles tiennent entre leurs doigts le cahier où elles inscrivent après chaque nom leurs observations... celui-ci... c'est très caractéristique... il a tous les signes : gaucherie, timidité, sentiment d'être différent, supérieur... — Oh non, Madame, pas ça... — Mais si, mais si, on connaît tout ça, mon petit ami, on a étudié depuis longtemps la composition de ce mélange, il est fait de mépris, de nostalgie, d'envie, de l'impression d'être incompris, dédaigné, de détresse mêlée de volupté, d'un sentiment orgueilleux de solitude... Ce sont, à n'en pas douter, des symptômes caractéristiques... A noter : fait inadapté. Fait prédestiné.

Ils sont comme lui, tout pareils à lui, il en est sûr, ils doivent être sensibles à la droiture, à la simplicité, il suffit de s'approcher d'eux, de se mêler à eux comme si de rien n'était, comme si on était l'un d'entre eux, et de leur dire de l'air le plus naturel, sans d'avance se recroqueviller même un tout petit peu... ils perçoivent sûrement comme lui le plus faible mouvement et immédiatement à leur tour se rétractent... il faut avoir le courage de les regarder dans les yeux et de leur demander : « Quel mot vous avez dit? Je n'ai pas bien entendu... »

Ils sautent en l'air, soulevés par une excitation joyeuse, ils font des efforts pour essayer, entre deux explosions de rire, de prononcer : « On a dit... — Mais il ne sait pas ce que c'est... — Sa maman ne lui a pas expliqué, il devrait lui demander... — Oh non, elle le gronderait... » ils hochent la tête, font les gros yeux, plissent les lèvres... « Oh, qu'est-ce que tu dis là? Qui t'a appris ce mot, mon chéri? »

Ils savent faire tout cela très tôt, d'instinct, comme les jeunes chiens de berger qui savent de bonne heure faire entrer les brebis dans l'enclos. Ils sont dès leur jeune âge de bons petits propriétaires qui dressent et tiennent à jour leur inventaire. Ils savent saisir adroitement tous les mots qui passent à leur portée et les plaquer sur ce qu'ils trouvent autour d'eux... tisser avec ces mots un réseau de plus en plus serré qui couvrira entièrement leurs possessions, n'en laissera au-dehors aucune parcelle.

Rien ne doit se dérober à leur regard vigilant. Sur ce qui bouge dans les recoins ombreux, flageole, frémit, se dérobe,... informe, mou, vaguement inquiétant,... dans ce qui suinte, coule, saigne, palpite, ils lancent ces mots... ils les plantent dedans... rien ne leur répugne, ne leur fait peur, ils harponnent cela et ils le tirent à eux... ils regardent cela, étendu à leurs pieds... comme une charogne grotesquement étalée sur le dos, le ventre ouvert, les pattes écartées, comme la peau sanguinolente, luisante, violacée des bêtes fraîchement écorchées... cela se dessèche et durcit au soleil.

Voilà le mot, puisqu'il le veut, ils le lui jettent dédaigneusement, puisqu'il n'a pas su lui-même se l'approprier, s'en servir... tout passe à sa portée sans qu'il étende la main... il est toujours en train de rêvasser Dieu sait à quoi, toujours dans la lune, perdu dans les nuages... ah ces poètes... qu'il le prenne donc, le voilà.

Il le saisit — quelque chose de dur, de pointu, de tranchant — et il le lance, il ferme les yeux pour ne pas voir la chair vivante où le mot s'enfonce qui s'ouvre, palpite, saigne, se débat... il tire à lui, mais rien ne vient, le mot sans avoir rien accroché lui revient : un objet grossier, hideux, comme ceux qu'on gagne aux loteries des foires... il le regarde, perplexe, embarrassé, il ne sait où le poser, qu'en faire... Il rougit, comme il est drôle, regardez-le, il est parfait... vraiment fait sur mesure... Si intact, c'est un signe bien connu, tant vanté depuis toujours, cette innocence, cette fameuse candeur...

Il voudrait s'échapper, mais elles se tiennent postées aux portes, elles gardent les issues. Il court de l'une à l'autre... elles avancent l'une vers l'autre, elles s'approchent de lui de chaque côté, elles le saisissent, elles se le renvoient, et lui, tout droit, ses bras le long du corps, il se fait inerte, un paquet qu'elles se jettent l'une à l'autre, qu'elles reçoivent, qu'elles repoussent... Je vous l'envoie... il fait inadapté... Je vous le renvoie... il fait prédestiné... Inadapté. Prédestiné. Inadapté. Leurs lèvres se retroussent au-dessus de leurs incisives écartées... le bout pointu de leurs doigts grassouillets aux ongles peints se redresse comme la queue d'un scorpion.

Impossible de faire un mouvement pour s'écarter, de laisser paraître de la répugnance. Même ceux qui lui sont le plus proches, ceux dont il dit qu'ils sont de son côté, qu'ils sont d'ici, le regarderaient avec sévérité... Qu'y a-t-il? Qu'est-ce qui vous gêne? Moi j'aime bien l'accent populaire. J'aime sa familiarité un peu gouailleuse... son débraillé si bon enfant... Ne me dites pas que vous en êtes encore, comme les Anglais, à juger les gens sur leur accent... Même en Angleterre, aujourd'hui, ces façons... Mais ici, chez nous, on n'a pas de ces dégoûts... on ne se permet pas, sur de tels signes, d'établir des hiérarchies, de prononcer des exclusions... C'est vous qui méritez d'être mis au ban, exclu...

Humblement il essaie de se corriger. Ils ont raison, il doit y avoir dans ce dégoût quelque chose de louche, quelque chose d'inavouable. Il faut écraser cela en soi, il faut le détruire, se mortifier... Que les molles voyelles traînantes librement s'étalent... La vaaalise... Il faut les traverser sans s'y arrêter, sauter à travers elles sans respirer, en se bouchant le nez, et regarder ce qui est là, par-derrière... et la voici... on voit son cuir d'un grain fin, patiné, satiné, l'éclat doré de ses ferrures de cuivre, son épaisse poignée arrondie, lisse au toucher... Les vaaaacances... et voici entre les rochers les criques d'émeraude, l'eau transparente où tremblent les moirures d'un sable intact... les cimes immobiles des pins, les soleils rouges, les rayons verts... « Oui, les vacances bientôt... Moi je n'aime que le Midi, la mer tiède... Et vous? Où irez-vous cette année? »

Mais on ne peut pas s'en tirer à si bon compte. Les molles voyelles graisseuses impitoyablement sur lui s'étirent, s'étalent, se vautrent... Ces vaaacances... la courte consonne finale apporte un bref répit, et puis on va recommencer... le soooleil... laaa meeer... le liquide aux relents fades qu'elles dégorgent l'asperge...

Ne pas bouger. Pas un geste même furtif pour s'essuyer. Seulement après, quand le supplice a cessé, il ne peut plus se contenir, il a besoin coûte que coûte de s'assurer qu'il n'est pas seul, que d'autres, comme lui, ont été torturés, il doit les contraindre avec précaution à avouer, à se rallier à lui... « Vous avez remarqué son accent?... Non, ne croyez pas, je n'ai rien, je vous assure, contre un accent un peu gouailleur... Il est parfois charmant, bon enfant, pétillant... il a une sorte de fraîcheur acide... J'ai un ami, un vrai titi parisien... Mais ici vous sentez bien qu'il y a quelque chose de particulier... quelque chose de pesant, d'appuyé... comme une violence sournoise, une agression... C'est comme si on promenait sur vous... »

Et eux, comme on recouvre de sel pour l'absorber la vilaine tache de vin qu'un maladroit a faite sur la nappe blanche, eux aussitôt se dépêchent de jeter là-dessus les mots qui vont résorber cela... « Sorti d'un milieu modeste. N'en a que plus de mérite. » Vite, ils lancent sur cette flaque de goudron poisseux qu'il a étalée devant eux quelques pelletées de sable... « Complexé. Orgueil. Un peu d'agressivité. » Les grains tombent... « C'est fréquent. Banal. Bien connu. En remet pour s'affirmer. Pas de quoi s'offusquer. » Voilà. C'est recouvert. On peut traverser cela, avancer, aller ailleurs, il n'y a rien à craindre. Ils ont réparé le désordre.

Ce qu'il faut, c'est ne pas résister, ne pas se contracter, c'est se laisser envahir docilement, dilater fraternellement ses narines et aspirer très fort, ouvrir la bouche en renversant la tête comme pour boire à la régalade, et avaler... que dans sa propre gorge les voyelles se répercutent, qu'elles en sortent plus lourdes encore, se vautrent... laa vaaalise... la pêêêêche au claiaiair deu.eu.eu luuune... Et puis rire, lui taper sur l'épaule... Que vous êtes drôle, vous êtes tordant quand vous prenez cet accent... Vous ne trouvez pas? Si, n'est-ce pas, vous trouvez? Près de moi, près de nous, serrés les uns contre les autres, tous pareils, riant ensemble, surpris, amusés, regardons ce petit génie malfaisant qui vous habitait... il vous faisait mal... mais vous êtes exorcisé... il vous a quitté... voyez comme il est comique, ce diablotin qui gigote, qui se tord à nos pieds.

Mais autant essayer de faire revenir à lui avec des tapes fraternelles sur le dos, des rires moqueurs, un sadique en train de s'acharner sur sa victime. Rien

ne peut le contraindre à la lâcher... Les vaaacances...
elle est traînée, toute défigurée, grotesque, avilie,
prostituée, un objet dont la brute se sert pour exécuter ses louches desseins... il faut la reprendre, la
lui arracher, il faut oser, bravant le danger, héroïquement, avec une détermination tranquille, juste
en rougissant un peu, comment s'en empêcher?
articuler chaque voyelle avec une grande netteté,
la ramener à ses justes proportions, lui rendre ses
purs contours... Oui. Les vacances. La mer. La
pêche... Voyez comme elle est belle quand on la
traite ainsi, comme cela se fait dans un pays civilisé,
entre gens convenables, avec tous les égards qui
lui sont dus... Comme elle se dresse, toute droite et
légère, naturellement discrète, modeste et fière...
sa limpidité, sa grâce innocente tiennent à distance,
commandent le respect. On n'a pas le droit de
porter atteinte à cela. Ce sont des choses de la plus
haute importance... Il y a des gens qui pour les
défendre... Je connais des précédents... Ce poète
agonisant... non, pas cela... juste un homme, un
homme comme vous et moi... on raconte qu'en
entendant la bonne sœur qui le soignait dire : col-
lidor, il s'est dressé sur son lit, et rassemblant ses
dernières forces il a articulé très distinctement :
cor-ridor. Et puis il est retombé. Mort. Pourtant
comment comparer la faute innocente de la bonne
sœur avec le crime que vous commettez?

Mais rien n'est plus dangereux, rien ne peut
davantage exciter chez le tortionnaire le besoin de
la ressaisir, de l'avilir...
La voilà aussitôt agrippée par lui de nouveau, la
voilà, cette fois, traînée plus loin, serrée plus fort...

rampante, hideuse, déformée, tuméfiée, boursouflée... Vous saaavez... les vaaa... son bourreau,
comme à bout de forces, enfin à contrecœur la
lâche... cances... juste pour un instant... Et puis, ne
vous en déplaise, mon petit, il va falloir qu'on
recommence... laaa meeer... je n'aiaiaime que laaa
Meeediiterraaanéeee...

Arrêtez, vous entendez. Pourquoi faites-vous
ça? Où avez-vous été chercher cet accent? Vous
nous cassez les oreilles. Qui parle ainsi? Qu'est-ce
que c'est que cette imitation d'accent gouape,
genre apache 1900? C'est ridicule, je vous assure...
c'est démodé, c'est prétentieux...

Mais tous aussitôt, ceux même, ceux surtout qui
se sont toujours montrés à son égard compréhen-
sifs, indulgents, se dressent horrifiés, crient à
leur tour... Comment osez-vous? Comment pouvez-vous vous permettre? Vous avez rompu tous
les interdits. Attenté à quelque chose à quoi personne n'a le droit de toucher, quelque chose de
sacré... Vous avez suivi à la trace ce qui sortait là,
vous avez osé remonter jusqu'à cette source en lui,
atteindre ce lieu préservé en chacun de nous d'où
cela a filtré... ce point vital... vous avez attenté à
cela, commis ce viol... Voyez maintenant comme
il vous regarde... ses yeux étonnés d'animal blessé
à mort... — Non, ce n'est pas vrai. Rien d'invio-
lable ici. Aucune source que personne n'a le droit
de profaner. Ce qui sort là n'est pas une pure
émanation, une sécrétion qui suinterait du plus
profond de lui-même à son insu... pas même un
venin qui jaillirait malgré lui... il y a là une froide
détermination, le dessein délibéré de bafouer, d'avi-

lir, de détruire... C'est une agression intolérable, un attentat... Pour moins que cela un poète sur son lit de mort s'est dressé... — La preuve de la préméditation. Fournissez la preuve. Il nous faut une preuve absolue, vous entendez? L'avez-vous? — C'est une certitude. — Fondée sur quoi? — Je ne sais pas... Je le sens... Vous le sentez aussi, comme moi... — Il n'y a pas de sensation qui compte. Pas de présomption. C'est trop grave. Il faut une preuve irréfragable. Et il n'y en a jamais. Il y a toujours un doute possible. Donc il faut se soumettre. Il faut accepter. Comme nous faisons tous. Personne n'a le choix.

Rien ne lui échappe, pas le plus léger soupçon de mouvement, pas le plus faible frémissement de dégoût, de douleur, pas un gémissement aussitôt étouffé... il sait qu'il a visé juste... il sent délicieusement, sans que vous bougiez, au plus secret de vous-même quelque chose qui palpite à peine, craintivement se débat... et là il appuie... là-dessus en toute impunité il se vautre... ses molles voyelles étalent là leurs chairs flageolantes de méduses, appliquent là leurs ventouses d'où suinte un liquide urticant... La vaaaalise... comme on rosit... à peine... on a envie de baisser les yeux, mais on n'ose pas... sage... bien sage... pas de contorsions... il faut subir, n'est-ce pas? il n'y a pas moyen de faire autrement...

Oui, il faut se résigner. Ils ont raison. Il faut se durcir. Perdre cette sensibilité de princesse au petit pois. Il faut surtout se débarrasser de ce respect.

De cette vénération enfantine. On peut même, pour mieux les perdre, s'entraîner à prendre soi-même quelques libertés, de temps en temps s'amuser à la bousculer légèrement, l'étirer juste un peu... les vaacances... la traiter un peu sans façons, avec familiarité, avec désinvolture. Cela peut réussir. On s'habitue à tout. C'est une question d'entraînement. On peut finir par le faire naturellement, sans y prendre garde.

Alors peut-être l'agresseur qu'aucune ruse ne peut tromper, ne percevant en vous plus rien qui palpite, assuré que vous ne lèveriez pas un doigt pour la protéger, que vous ne ressentiriez à la voir délivrée et rétablie dans ses droits aucun apaisement, aucun sentiment de triomphe, que vous êtes complètement indifférent à son sort, alors peut-être il se décidera à desserrer son étreinte, à lui laisser reprendre sa forme.

Elle n'attirera plus l'attention de personne, naturellement discrète comme elle est, toujours prête à s'effacer, à se rendre invisible... on l'oubliera.

Tous trois ensemble bringuebalés, chacun un bras levé, la main serrant la poignée de cuir, la ronde et lisse barre de métal, s'appuyant légèrement les uns aux autres, riant quand un cahot plus fort les fait se cogner, se souriant avec un air de solidarité tendre... Une tiédeur, une confortable, une rassurante, assoupissante chaleur émise par chacun de l'un à l'autre se répand... Qu'on est bien... C'est comme si on ne s'était jamais quités... comme des compatriotes qu'un long exil a séparés, qui se retrouvent enfin... même dialecte, mêmes souvenirs d'enfance... Il n'y a pas de hâte. On a maintenant tout le temps de se parler... Mais a-t-on besoin de parler, de raconter? Pourquoi évoquer les épreuves passées, les blessures qu'un ennemi commun nous a infligées, les viols, les profanations... C'est loin maintenant, tout cela... il vaut mieux l'oublier... D'une main se cramponnant à la poignée de cuir, à la barre de métal, ils bringuebalent, ils se cognent, ils rient... « Heureusement on arrive bientôt... Oh là... excusez-moi... Je vous ai fait mal? — Mais non, ce n'est rien... — Ah, à vous elle pardonne tout... Mais vous savez, elle n'est pas comme ça avec tout le monde... Vous ne savez pas comme ce genre de choses peut parfois la rendre irascible. Vous savez ce qu'elle m'a dit, un jour que j'ai renversé un peu d'eau sur sa robe?... Petit imbécile! »

On dirait qu'elle se redresse, qu'elle se tend... « Petit imbécile! Vous ne pouvez donc pas faire attention? » Entre eux quelque chose a passé, un signe entre eux a été échangé... pareil à ce léger mouvement de la tête que font deux déménageurs qui ont saisi par chaque bout un objet pesant et s'apprêtent d'un commun accord à le soulever... un mouvement qui signifie : Tu y es? On peut y aller?... Petit imbécile! Elle m'a dit ça... et elle acquiesce, elle rit... Ils l'ont soulevé et déposé à distance, une « distance respectueuse », comme c'est bien dit... c'est de là que maintenant il les contemple : le couple incomparable. Lui, l'homme unique. Lui dont personne jamais, pas même son pire ennemi, ne se risquerait à dire, même en chuchotant, dont personne n'oserait même penser qu'il n'est pas la suprême intelligence... Et elle qui seule a pu se permettre cela : « Petit imbé-cile! » A lui! Elle lui a dit ça. Elle, sa seule égale, elle sa compagne royale, d'elle seule il peut l'accep-ter, devant elle il s'est incliné... Sur le visage de leur sujet un air stupéfait, scandalisé se répand... Et puis voilà ce qu'ils exigent tous deux, debout l'un près de l'autre sur l'estrade, ce qu'elle attend : la vénéra-tion le fige au garde-à-vous à leurs pieds, il lève vers elle des yeux qu'écarquille l'émerveillement.

Face à la tribune d'où ils nous observent, en rangs impeccablement alignés nous les saluons, nous agitons nos petits drapeaux, d'une seule voix nous poussons des vivats... Que s'est-il passé? Comment suis-je là? Il y a encore un instant, tous trois pareils, nous ébattant comme dans notre élément naturel, loin de la foule stupide... — Que dit-il? Que marmonne-t-il entre ses dents? — Monsieur n'est pas content... il n'est plus dans son élément... — Son élément? — Oui, figurez-vous, il rêvait qu'il se promenait parmi les élus sur les prairies fleuries où les grands esprits enfin réunis dans « la lumière réelle », dans la parfaite sérénité devisent ensemble... — Mais mon petit ami, réveillez-vous. Regardez où vous êtes. Vous n'avez jamais bougé d'ici. Toujours parmi nous, en train de contempler... tout tendu, aux aguets... prêt à bondir comme nous au premier signe d'approbation, d'encouragement... Flatté quand un beau jour ils ont daigné... — Flatté? Moi? Moi, flatté? Pas une seconde. Vous n'y êtes pas. Flatté de quoi? On était tout proches, des égaux... Eux-mêmes l'ont reconnu... Ils me l'ont dit... — Ils le lui ont dit! Oh c'est trop drôle, laissez-moi rire... — Oui, ils l'ont dit. Et ils ont eu raison. On sentait tout de la même façon. Tout. Les mots. Les accents. Pas même besoin entre nous d'en parler. Il suffisait que l'un de nous trois effleure en passant la moindre nuance... moins que rien... on vibrait à l'unisson... Flatté! Mais quand ils sont venus à moi, j'ai trouvé ça tout naturel. Des retrouvailles. Je n'étais même pas surpris, si vous voulez que je vous dise la vérité. Je les attendais. Comme le douanier Rousseau encore obscur quand des farceurs lui ont fait croire que Puvis de Chavannes, la grande gloire du moment, venait lui rendre visite... il n'a montré aucun étonnement, il a dit simplement bonjour, je t'attendais, provoquant les rires des imbéciles... Ils rient de plus belle. Ils se poussent du coude... — Oh c'est parfait. Encore mieux qu'on ne pensait... Vous avez remarqué? Le douanier Rousseau, c'est lui, et les autres des Puvis de Chavannes... — Oh magnifique. Oh maintenant confiez-le-moi. J'en fais mon affaire. Laissez-moi m'en occuper... Que ce sera bon... Vous allez voir... Regardez-moi... Ils s'écartent pour mieux voir, ils font cercle... Écoutez, vous avez bien dit : la célébrité du moment? Vous l'avez dit? — Bien sûr, qui ne sait maintenant... — Oui, oui, nous le savons tous, ce n'est pas de cela qu'il s'agit... Vous avez dit : du moment, hein? seulement du moment, tout comme ceux-là, ces deux faux grands... Alors pouvez-vous me dire pourquoi avec eux tous ces élans, cette touchante fraternité? pourquoi c'est à eux, précisément, que vous vous êtes ouvert, étalant devant eux vos richesses secrètes, vos petits trésors... « A personne d'autre qu'à vous... Vous seuls... Vous êtes les premiers... » On leur susurrait cela... on leur livrait ce qu'à tout le monde on cachait, même aux vraies âmes-sœurs qui peut-être auraient pu se trouver moins loin qu'on ne croyait, peut-être, qui sait, tout près... il suffisait de regarder... mais voilà, on est bien trop paresseux, trop timoré, bien trop obéissant... se soumettant docilement à nos lois... venant manger dans notre main... cherchant à se faire accepter par ceux-ci, précisément, ceux-ci que nous avons portés au pouvoir, nous la foule stupide, nous si réputés pour nos fabrications de faux génies, de fausses gloires... Allons, vous êtes bien des nôtres. Vous n'avez jamais bougé d'ici. Avec nous devant eux au garde-à-vous, chacun notre petit drapeau à la main. Chacun à sa place, hein, pour le moment. Eux au moins savent où ils sont. Ils ont bien dû s'amuser à voir votre air béat quand ils vous ont emmené, tout soulevé de bonheur, vous collant à eux... c'est un peu poisseux, on a envie de lui donner une petite chiquenaude pour l'écarter un peu... « Petit imbécile, elle m'a dit ça... — Elle vous a dit ça? Oh, c'est trop drôle... On rit tous les trois, on se comprend... — Et maintenant nous voilà arrivés, allons, venez, on descend... »

Tous trois pressés de toutes parts, un instant séparés, s'attendant, enfin réunis, ils se faufilent l'un derrière l'autre, se suivant sur les talons, ils forment à eux trois un seul tronçon qui serpente à travers la foule.

« Ah, encore les Ballut? Mais mon cher, c'est une idée fixe... » Un courant chaud parcourt son corps, ses joues brûlent, il baisse les yeux, il bafouille...

Ah, encore les Ballut? le grand policeman qui l'avait à l'œil depuis un moment, qui observait avec attention ses manœuvres étranges lui a posé la main sur l'épaule : allons, pas d'histoires, inutile de protester, on vous a vu.

Ah, encore les Ballut... ils peuvent maintenant se permettre cela, les règles du respect humain ne jouent plus, ils peuvent traîner sous la douche, enfermer derrière des fenêtres grillagées, entre des murs capitonnés les forcenés, les maniaques, les pervers, les exhibitionnistes, les voyeurs et autres de leur espèce, se cachant dans les buissons, longeant les murs, sifflotant toujours le même air sinistre, épiant derrière les fenêtres éclairées les fillettes agenouillées au pied de leur lit, ouvrant et refermant au fond des poches de leur pantalon leurs doigts d'étrangleur.

Ah, encore les Ballut? mais mon cher, c'est une idée fixe... Brusquement, par-derrière, alors qu'il avait pris toutes ses précautions, observé toutes les gradations et qu'il croyait venu le moment où il pourrait sans éveiller leur méfiance soulever pour une seconde sa soupape de sûreté et laisser sortir juste un fin jet de vapeur, deux ou trois mots... Mais il avait sous-estimé leur vigilance.

Il a pourtant été prudent. Aucun appel au secours, pas une plainte, un soupir pour attirer leur attention, pour qu'ils viennent voir... c'est là en lui, il ne sait pas ce que c'est... c'est comme un fluide, comme des effluves... un mot quelconque, tout à fait banal, a transporté cela, un mot a pénétré en lui, s'est ouvert et a répandu cela partout, il en est imbibé, cela circule dans ses veines, charrié par son sang, des caillots se forment, des engorgements, des poches, des tumeurs qui enflent, pèsent, tirent... Et avec l'obstination des maniaques il cherche à découvrir d'où viennent les élancements, il palpe les endroits douloureux pour trouver leur place exacte, délimiter leurs contours... cela enfle toujours plus, cela appuie, il a besoin d'être soulagé, il lui faudrait des soins immédiats, une incision, une ponction, une saignée... Mais ils ont toujours si peur d'être salis, contaminés... pour obtenir leur aide il faut prendre certaines précautions, leur faire sentir qu'ils n'ont rien à craindre. Il ne leur demandera rien qui ne soit pour eux parfaitement inoffensif et même salutaire, même agréable. Quelques exercices pratiqués en commun dont les effets bienfaisants sont depuis toujours connus, qu'une hygiène immémoriale recommande.

Il ne sera pas question de fluides, d'effluves, de mots propagateurs de germes, venus on ne sait d'où, jaillis de n'importe qui, flottant dans l'air partout, l'air autour de nous en est rempli... ils s'en détourneraient aussitôt... Non. Seuls ceux de la bouche desquels les mots sont sortis vont retenir notre attention. C'est eux qu'il nous faut. Eux seuls. Et il n'y a que l'embarras du choix. Il est prêt à leur offrir qui ils voudront, peu lui importe. Il a cette chance d'avoir le don de faire surgir à volonté, de montrer, ressemblants à souhait, plus vrais que nature, chacun avec ses traits distinctifs, son aspect physique, son accoutrement, son caractère, ses gestes, ses tics, les Ballut, les Chenut, Dulud, Perroud, les Signet, Tarral, Suzanne Magnien, Paul Artel, les Boulier, les Fermont, Jean Cordier... n'importe qui, seul ou par couples.

Son public assis autour comme au théâtre en rond s'exclame, s'esclaffe, on se pousse, on se donne des tapes sur le bras sans se regarder, on ne veut pas perdre une seconde du spectacle... « Oui, c'est ça exactement, je l'ai remarqué aussi, pas vous ? — Bien sûr que si... c'est lui tout craché... » Une même vibration les parcourt, c'est vraiment ce qu'on appelle être sur la même longueur d'onde.

Les Ballut... et aussitôt les amateurs, les collectionneurs avancent la tête, tendent le cou, leurs yeux luisent... « Oh oui, c'est ça, les Ballut, racontez-les-nous. »

Donc les Ballut... Il redresse le torse, il lève le menton, il avance la lèvre inférieure en une moue dédaigneuse, il fait le geste de porter un face-à-main à ses yeux, il susurre, il nasille... ah, charmante... les rires éclatent, on bat des mains... Maintenant, comme la maîtresse d'école pendant la classe de modelage, de dessin, après avoir donné à ses élèves la première impulsion les laisse chercher par eux-mêmes... que chacun apporte sa contribution... il va se borner à surveiller leur travail, à les guider un peu, juste de temps à autre un petit coup de pouce. Et chacun s'empresse... Voici les vêtements, ruches, fanfreluches, dentelles pareilles à celles portées à son mariage par ma mère-grand, col haut et empesé, raie au milieu, cheveux gominés, fards, bouclettes et pièces montées, voici le cadre, l'ameublement, la nourriture, les goûts, les passe-temps favoris, voici des attitudes révélatrices, des traits de caractère subtils, des détails piquants... la construction progresse : des personnages bien modelés, reproduits exactement, ne ressemblant à personne d'autre, à personne d'entre nous — c'est très important — séparés de chacun de nous par des cloisons étanches. Tout à l'heure il pourra les prendre et les tourner dans la lumière : des cornues, des éprouvettes aux parois épaisses.

Il suffira de les agiter légèrement, de les passer à la flamme et tous verront se dégager et monter ces bulles... imprudemment il en a absorbé, il en est incommodé, ils vont tous ensemble les examiner, trouver un remède, un contre-poison... le moment approche, il faut se préparer, voilà, c'est à lui maintenant, il lève la main...

Mais celle-ci, il n'y a pas moyen de l'arrêter, elle est toujours plus zélée que les autres, plus excitée, elle continue à s'agiter tout autour, ajoutant là, là, et encore là un nouveau détail, un petit enjolivement... son œil infantile auquel rien, si infime que ce soit, n'échappe, son œil fureteur, fouineur l'a accroché et elle le rapporte et le place, tout lui est bon quand elle est lancée... Il s'impatiente... Ça suffit maintenant. En voilà assez... « Ça ne présente pas grand intérêt... D'ailleurs ce n'est pas tout à fait juste... On s'égare... » Il essaie de l'écarter...

Mais elle résiste, elle l'agrippe, elle se colle à lui, l'enserre, il se débat, ils luttent, ils roulent enlacés, confondus, et les autres regardent gigoter à leurs pieds ces deux nabots méchants, ces deux enfants pervers, discutailler ces deux commères... quand il se redresse enfin, ils l'examinent d'un air de pitié, d'un air de léger dégoût... « Mais comme vous vous excitez... D'où savez-vous, comment retenez-vous tout cela ? Moi je l'oublie aussitôt. Mais vous, n'est-ce pas, ça vous passionne ? »

Mais aucun travail n'est inutile, tout travail, même ébauché, même raté, doit tôt ou tard porter ses fruits... il suffit de laisser passer un certain délai, de choisir un moment propice et de revenir à la charge.

Profitant de l'acquis il peut maintenant ne pas perdre de temps dans des préparatifs. Les Ballut, tout à fait achevés sont là, prêts à servir. Il suffira d'un époussetage léger pour qu'ils apparaissent, éclatants et solides à souhait. Il pourra les introduire sans éveiller aucune méfiance et puis faire surgir de leurs flancs et se répandre, provoquant la surprise, éveillant la curiosité, la crainte, obligeant chacun à reconnaître leur puissance, à les considérer avec respect... ces mots...

Sans paraître y attacher d'importance, d'un air un peu distrait, d'un signe discret il les rappelle, il les fait revenir sous n'importe quel prétexte... « C'est drôle, je ne sais pas pourquoi ça me fait penser aux Ballut... » ou : « Pour parler comme les Ballut... »

Mais aussitôt on sonne l'alarme, on se rassemble, on l'entoure... « Ah encore les Ballut... » il est saisi, promené, pitoyable, ridicule, tête basse, pieds nus, au milieu de la foule, on le montre du

doigt... « Vous ne pensez donc qu'à eux... Ils vous
hantent... » Tout autour on se pousse en riant, on
se trémousse... « Mais mon cher c'est une idée fixe! »

Plus de Ballut, Chenut, Dulud, Tarral, Magnien
ou autres. On s'en passera. Plus besoin de personne.
Les mots seuls. Des mots surgis de n'importe où,
poussières flottant dans l'air que nous respirons,
microbes, virus... on est tous menacés. Vous comme
moi. Aucun d'entre nous ne peut être assuré de rester indemne. Des mots banals, pas même adressés
à vous. Des mots que des inconnus ont échangés
à une table de restaurant voisine, marchant devant
vous dans la rue ou dans une allée de jardin, assis
près de vous dans l'autobus, et que vous avez absor-
bés, parfois sans même sur le moment vous en
rendre compte. — Quels mots? — Des mots très
ordinaires, si je vous les répétais vous vous moque-
riez de moi, et pourtant ils ont pénétré en moi, ils
se sont incrustés, je ne peux plus m'en débarrasser, ils enflent, ils appuient... Quelque chose s'en
dégage...
    Autour de lui on s'impatiente... « Mais de quoi
s'agit-il enfin? C'est agaçant, tous ces mystères.
Quels mots? Dites-les-nous... — Oh non, pourquoi
faut-il donner des exemples? Ça va tout embrouil-
ler... tout obscurcir... Chacun réagit différem-
ment. Chacun de nous sûrement a son petit stock
de mots à lui. Vous en avez comme moi. Ce ne sont
peut-être pas les mêmes. Mais c'est sans importance.
Ce que je veux juste vous dire, c'est qu'ils ont
quelque chose, ces mots, de très particulier...
Ils restent là, en vous, toujours en activité, ils

entrent de temps en temps en éruption, ils dégagent des vapeurs, des fumées... Ou plutôt ils agissent comme certaines drogues, tout ce qui vous entoure est transformé... On dirait qu'une paroi tout d'un coup s'est ouverte. Par la fente quelque chose s'est engouffré, venu d'ailleurs... Un ailleurs était là, qu'on ne soupçonnait pas, ou plutôt qu'on s'efforçait d'ignorer, on faisait semblant, pour la commodité, vous comprenez... Et c'est là, ça presse de toutes parts, cela s'infiltre... Non, pas ça... ces mots projetés du dehors sont comme des particules qui cristallisent ce qui était en suspens... tout autour de vous se fige, se durcit, on se heurte à des choses coupantes, à des piquants... » Mais de toutes parts on proteste... « Assez d'énigmes. Faites-nous voir. Qu'est-ce que c'est que tout ça? Ces drogues, ces cristaux, ces volcans? Comment voulez-vous qu'on vous comprenne, qu'on vous réponde? — Eh bien, si vous y tenez vraiment, mais il y en a tant... enfin, je vais prendre au hasard... ce qui fait se cristalliser... des paroles happées au passage... venues d'une table voisine dans un hôtel de ville d'eaux... On est toujours dans ces endroits sinistres plus fragile, vacant, comme affaibli, on perd son immunité, on est particulièrement prédisposé... A une table voisine j'entends une voix féminine, je ne me souviens d'aucun visage, rien n'est resté que les mots, et le ton, un petit ton sec : Si tu continues, Armand, ton père va préférer ta sœur. »

Ils s'écartent les uns des autres pour mieux se voir, les lunettes des vieillards descendent sur leur nez... « Ton père va préférer ta sœur... C'est ça... Mais je vais vous dire... moi je dois être de ceux qui font « se craqueler les parois », « se dégager des vapeurs », « se cristalliser ce qui était en suspens »...

— Moi, sûrement je dois venir « d'ailleurs », parce que je dois avouer que ce sont des mots que moi aussi, je dois faire mon mea culpa... Elle frappe comiquement sa poitrine avec son poing... C'est ma faute, c'est ma très grande faute... Ce sont, moi aussi, oh pauvre de moi, des mots que j'emploie... — « Ton père, ta sœur », oh, c'est horrible, mais moi aussi, qu'on me pardonne, il m'arrive de dire ça... Que ceux qui ne l'ont jamais dit... »

Ils s'agitent, les fils télégraphiques invisibles qui les relient les uns aux autres bourdonnent, des messages qu'il reconnaît sont envoyés, captés... Moi je m'en suis toujours méfié... Il me met mal à l'aise... J'ai toujours senti qu'il était là à nous observer... prenant des notes, préparant ses rapports... Il entend un petit rire enroué... Taisez-vous, méfiez-vous, des oreilles ennemies vous écoutent... Tout ce que vous direz pourra être retenu contre vous... Attention, qu'avez-vous dit ? Oh rien... Comment rien !... Ton père va préférer ta sœur... Mais vous savez que c'est dangereux... Vous savez que cela émet des radiations mortelles... cela met le monde en danger... L'un d'entre eux secoue son épaisse chevelure blanche, ses yeux par-dessus ses lunettes le fixent sévèrement : « Mais qu'est-ce que vous allez chercher ? Quel mal y a-t-il à cela ? — Mal ? Je n'ai pas dit que c'était mal. Ce n'est pas la question... Je disais juste qu'il y a dans ces mots quelque chose... — Mais on ne peut donc plus parler, on ne peut pas prononcer en votre présence les mots les plus ordinaires... Vous êtes terrible. Vous êtes là à nous épier... à tout enregistrer... à tout critiquer... »

Il recule, il lève la main... Oh non, ne croyez pas. Ce n'est pas ça, pas ça du tout, je n'observe rien, je ne critique pas... c'est autre chose... je suis tout pareil... Pareil? Ce mot jeté, sans trop savoir ce qu'il faisait, un peu au hasard, juste pour les apaiser... Pareil... Maintenant tout à coup il voit. Ils l'ont aidé sans le vouloir... Pareil. C'est ça. Tout pareil. De là tout provient, tout le malaise, toute la souffrance... Pareil. Même substance. Jamais aucune séparation. Ou alors des cloisons communes à travers lesquelles se produit une osmose constante... Non, pas d'osmose. Ils ne sont pas pareils, pas tout à fait... Il est d'une matière plus poreuse, absorbante... Chaque gouttelette sécrétée par eux, un simple mot sans importance, un accent, n'importe quoi, pénètre en lui, provoque des troubles, lui fait perdre le sens des proportions, de la mesure, lui trouble la vue, l'esprit...

Il est une terre propice où cela pousse, s'épanouit, exhale des relents, des vapeurs... Il en est tout imbibé, rempli... Qu'ils le soulagent, qu'ils s'ouvrent à cela, qu'en eux aussi cela se répande... Il en est gorgé jusqu'à la nausée, jusqu'à une sorte de douloureuse jouissance... une étrange joie... C'est une drogue dont il ne peut se passer... Qu'ils en absorbent un peu, juste quelques gouttes, et ils verront...

Mais on aurait bien tort de penser qu'ils sont tous aussi bornés qu'ils veulent le paraître. Il s'en trouve toujours parmi eux de très, comme ils disent, « futés » qui, comme ils disent encore, « connaissent leur monde ».

On a beau se barricader dans sa chambre pour lire, tout simplement, ou pour travailler à n'importe quoi d'aussi innocent qu'une thèse de doctorat, ils ne s'y laissent pas prendre. Ils possèdent sans le montrer — certains d'entre eux — un instinct extraordinairement aiguisé. Des indices que pareil à l'autruche il croit invisibles leur crèvent les yeux. Ils ne se laissent pas tous, il s'en faut, prendre au penchant tout naïf pour les cancans, au besoin de dénigrement, à l'attrait malsain pour les odeurs louches. C'est qu'il n'y a rien de nouveau sous le soleil. Il y a eu des précédents. Pour ne pas chercher bien loin, il y a des écrivains, Flaubert par exemple, dont on parle tant en ce moment, qui ont raconté comment ils se sont gorgés aussi jusqu'à l'écœurement de platitudes, de vulgarité. En véritables martyrs. Il le fallait bien. Baudelaire a déclaré que rien ne ravissait autant un « homme d'esprit » que « la conversation des imbéciles ». Tout ça, on le sait depuis longtemps. Ils savent et voient tant de choses sans jamais en avoir l'air. S'ils consentent, comme les autres, à l'affubler de ce déguisement de commère, de nabot malfaisant, c'est qu'il les agace. Cette certitude qu'il dégage à travers ses airs serviles et tremblants — comme s'il pouvait les tromper! — et qui lui vient de ces parentés illustres qu'il s'est trouvées, de ces répondants, est vraiment insupportable, grotesque. Il ne faut pas beaucoup pour le pousser, perdant la tête, à l'exhiber. Un peu plus de dédain, encore un peu plus chez eux d'incompréhension, de répugnance, et brusquement son air de souris traquée va s'effacer, comme ils disent encore, par « enchantement ». Il va tout à coup se retourner, bondir vers chacun d'eux et lui brandir cela au visage en criant : gorgé comme d'autres... Flaubert... Baudelaire... tout comme eux... vous ne comprenez rien...

Prenant sur moi tous les péchés du monde... Alors il faudra que quelqu'un le rappelle à l'ordre, lui coupe l'herbe sous le pied : Oui, bien sûr, Flaubert... mais lui, il en fait quelque chose — c'est toute la différence — tandis que vous, vous ne faites qu'en parler.

Il n'y a rien à craindre. Les chances de se tromper son insignifiantes. Nulles, pour tout dire. Il suffit d'appliquer à son cas le calcul des probabilités — si efficace : Combien y a-t-il, je vous le demande, de Flauberts sur mille habitants? Combien, sur cent mille, de Baudelaires? Et combien sur un million? Et sur cinquante millions, combien? Que faut-il de plus? Et combien y a-t-il chez nous de gens qui ont la prétention d'écrire des romans? Qui, par conséquent, sournoisement se collent à chacun, s'imbibent, s'écartent, épient? Les statistiques répondent : un Français sur deux cache au fond de son tiroir un manuscrit. Un sur deux se cherche des répondants... Seul ici-bas parmi ses frères inférieurs, il tend la main par-dessus leurs têtes, je vous le donne en mille, à qui? Mais pourquoi se gênerait-il? Pourquoi se restreindre? à Flaubert, à Balzac, à Baudelaire surtout, à lui le patron de légions de fainéants stériles, rejetés partout.

Celui-ci aussi, par conséquent, il y a en lui un petit air... il y a longtemps que je le soupçonne... il doit en catimini... il fallait le voir pâlir, se recroqueviller, reculer, levant la main comme pour parer une gifle, quand vous lui avez dit cela : Mais pourquoi n'écrivez-vous pas? Vous ne faites qu'en parler...

Non, qu'ils ne croient pas cela. Qu'ils se rassurent. Il connaît aussi le calcul des probabilités. Il sait bien, on le lui a assez répété, que tout est dit, tout a été prospecté, tout est occupé. Il n'y a pas un buisson d'aubépine, pas un rosier, pas un caillou qui ne soit interdit. Mais il ne s'en approche pas. Il n'en a aucune envie.

Qu'on l'oublie, c'est tout ce qu'il demande, qu'on le laisse, qu'on l'abandonne ici jusqu'où ne songent pas à s'introduire sur les traces des enfants prédestinés les mères aimantes. Pas de mères ici, ni de pères. Pas de protecteurs puissants qui vous tendent la main. Il n'essaiera plus jamais de quémander aucune assistance. Il n'en a plus besoin. Il n'a, ici, plus besoin de personne.

Comme à travers une fêlure dans une paroi lisse, une fine craquelure, quelque chose se glisse doucement... subrepticement cela s'insinue en lui, quelque chose d'informe, de gluant avec une obstination sournoise cherche en lui son chemin... La chair hérissée, tous les poils redressés il se recroqueville... mais la chose à l'aveugle tâtonne plus loin encore... vers ce point où il lui semble que tout ce qui est vivant en lui se réfugie... elle touche... malgré sa répugnance il saisit cela, cela se tortille, se débat, cela veut s'échapper, mais il le tient, il le serre de toutes ses forces...

Ils sont alertés, ils accourent... Il est pris à bras-le-corps, maintenu. On lui appuie sur le visage... — Oh non, pas ça... ça m'emplit la bouche, le nez... — Ne l'écoutez pas. Ils sont tous pareils. Maintenez le tampon. Là. Plus fort. — Lâchez-moi... — Vulgaire. Un accent vulgaire. Allons, qu'il aspire. Appuyez plus fort. Ce que vous avez perçu, ce qui vous a mis dans cet émoi se nomme vulgarité. C'est désagréable, c'est agaçant, tout le monde le sait, d'entendre un accent vulgaire. Voyez, il s'amollit, il a cessé de s'agiter. Vous pouvez doucement desserrer votre étreinte. Voilà. Il revient à lui.

Des visages exprimant une sollicitude grave l'entourent. Un enduit recouvre les murs blancs. Un accent vulgaire — c'est tout. La vulgarité : un produit lénifiant aux effets éprouvés. Pourquoi s'exciter? C'était pour ça, toute cette agitation. Il a cru percevoir quelque chose qui suintait de ces voyelles étirées, s'infiltrait... Mais nous connaissons cela depuis longtemps. Ne cherchez plus, oubliez cela. On n'a qu'une vie, ne perdez pas votre temps.

Soyons prudent. Pas un mot, pas un signe à qui que ce soit. Il faut, seul, tout doucement, pour que personne ne perçoive aucun bruit de forage, aucun

bruit suspect de grattement, enlever l'enduit. Vulgarité. Il faut arracher cela. Un coup brusque. Ils
n'ont pas le temps de se demander ce que cela signifie : un seul coup bref, et c'est arraché. La vulgarité
est en miettes... un petit tas de gravats... et voilà,
je le retrouve, je savais bien que c'est toujours là...
des molles voyelles vautrées cela coule... je m'ouvre...
l'absorber... aspirer la fade puanteur... Il faut juste
encore sentir comment... refaire le mouvement...
la vaaalise... De nouveau. Très fort. Encore. Répéter... Jusqu'à en avoir le tournis... Maintenant peut-
être dans un instant...

Mais attention. Les voici. Une face plate et lisse se
tend par l'entrebâillement de la porte : Vous écri-
vez? Vous savez, j'ai toujours pensé que vous étiez
extrêmement doué. Déjà autrefois, quand je corri-
geais vos devoirs de classe... Vous vous rappelez
votre devoir intitulé : « Mon premier chagrin »?
Sur la mort de votre petite chienne écrasée par un
train? — Oui Madame, j'en étais si fier. — Il y avait
là des dons poétiques certains. Chez un enfant un
étonnant sens de la langue. — Merci Madame.
Croyez-moi, c'est très encourageant. Voyez-vous je
suis justement en train... — Oh, en train de faire
quoi? Dites-nous. Nous attendons, nous sommes
impatients. — Rien que vous n'approuviez. Tout
ce que vous souhaitiez. Je suis de mon temps,
croyez-moi. Un temps qui m'offre — ingrat que
j'étais — une mine à exploiter. Je m'étire à sa
mesure... énorme... Je suis de taille à affronter ses
angoisses, son absurdité. Noble. Fort et triste. Désespéré. Détaché de tous les suintements. Rien de
louche, je vous assure. Avec les mots, j'en suis

63

conscient... n'ai-je pas toujours, et c'était, à n'en pas douter... vous ne vous y trompiez pas... Hérault... ma mère, j'en suis sûr, vous en a parlé... marquait déjà ma prédestination... avec les mots je construis ce monument à notre gloire à tous, cette cathédrale où vous pourrez vous recueillir et avec tous les autres exhaler vers le ciel muet vos nobles plaintes. Je saisis les mots, je les triture, je les assemble, je les cimente, je les dresse... Vous verrez ces voûtes et ces piliers, ils s'élancent... mes cris de désespoir comme un chant d'orgue... Elle fait de la main un signe qui veut dire : chut! Allons, travaillez au lieu de tant parler, ne laissez pas la veine s'épuiser, s'évaporer en bavardages la précieuse inspiration. Elle a refermé la porte. Elle s'éloigne en glissant, en faisant le moins possible craquer le plancher...

Maintenant je suis seul. Cette fois, pour de bon. Elle n'a pas vu la fissure. L'image qu'elle a plaquée dessus aussitôt a tout recouvert : celle de la cathédrale superbe où déjà elle s'avançait, extatique, se prosternait, se redressait, ses cris traversant les voûtes, perçant le firmament, se répercutant, se perdant dans le vide du ciel.

Seul, replié sur lui-même, il ne fait rien. Vraiment rien. Rien à quoi le mot faire puisse s'appliquer. Flottant pendant des heures, se retournant, se gorgeant, dégorgeant en balbutiements informes, en borborygmes. Oubliant jusqu'au sens de certaines expressions comme par exemple « perdre la face ». Il n'a plus de face depuis longtemps. Des années s'écoulent. La longueur de toute une vie. De plusieurs vies. Il a perdu la notion du temps. Par moments, tant l'abandon où il se trouve est grand, tant est forte la sensation de solitude, de silence, tandis que passent à travers lui comme des effluves, des relents, qu'il en vient à se dire que personne probablement, s'étant laissé déporter si loin, n'en est revenu, puisque personne n'a jamais raconté une telle expérience. C'est ce que doivent dans les tout derniers instants se dire les mourants. S'ils le supportent avec tant de docilité c'est qu'ils sont sans doute comme lui dans un état de torpeur et submergés déjà d'indifférence.

De la substance molle aux fades relents cela a filtré comme une vapeur, une buée... elle se condense... les gouttelettes des mots s'élèvent en un fin jet, se poussant les unes les autres, et retombent. D'autres montent et encore d'autres... Maintenant le dernier jet est retombé. Il n'y a plus rien.

Il faut absolument que cela recommence. Se laisser couler de nouveau... se laisser flotter, replié sur soi-même, au gré des plus faibles remous... Attendre que s'ébauchent dans l'épaisseur de la vase ces déroulements tâtonnants, ces repliements jusqu'à ce que de là de nouveau quelque chose se dégage...

Là, il lui semble qu'il perçoit... on dirait qu'il y a là comme un battement, une pulsation... Cela s'arrête, reprend plus fort, s'arrête de nouveau et recommence... C'est comme le petit bruit intermittent, obstiné, le grattement, le grignotement léger qui révèle à celui qui l'écoute tout tendu dans le silence de la nuit une présence vivante...

Cela grandit, se déploie... Cela a la vigueur, la fraîcheur intacte des jeunes pousses, des premières herbes, cela croît avec la même violence contenue, propulsant devant soi des mots... Ils s'attirent les uns les autres... Leur mince jet lentement s'étire... L'impulsion tout à coup devient plus forte, c'est une brève éruption, les mots irrésistiblement dévalent, et puis tout se calme.

Maintenant que le tumulte a cessé, il peut prendre son temps et bien regarder, observer attentivement cette forme d'une seule coulée que les mots ont dressée.

On dirait qu'ici des mots éparpillés en désordre la brouillent. Il faut les déplacer... qu'ils restent emprisonnés dans des contours d'une parfaite netteté.

A les examiner plus attentivement, ils font plutôt penser à des coquillages, des petits cailloux tout lisses et ronds qu'un fil traverse. On peut les changer de place et observer l'effet. On peut en trouver d'autres que ceux qui spontanément se présentent. D'autres qui donnent à la forme qu'ils tracent plus de force, plus de pureté. D'autres dont on est certain qu'il n'est pas possible de les changer, on aurait beau chercher, on ne parviendrait pas à en trouver qui soient capables de prendre leur place.

Ils se déploient, le fil qui les traverse se tend, ils vibrent... il écoute comme s'épandent leurs réso-nances... Seul avec eux, lui-même complètement redressé, hors de la substance molle et fade où il était plongé, il s'enchante de leurs mouvements, les place et les déplace pour qu'ils forment des arabesques plus savamment contournées. Leur vibration s'amplifie, c'est maintenant une musique, un chant, une marche scandée, les rythmes se créent les uns les autres, des mots comme attirés arrivent de toutes parts... il suit, fasciné, leurs mouvements, ils montent, descendent, s'élancent encore et retombent. Il les guide avec précaution. Les voilà maintenant comme habitués qui se soumettent tout seuls à un certain rythme... Ils se pressent, s'élèvent... Il attend le moment où parvenus à une certaine hauteur d'eux-mêmes ils retomberont.

Les mots maintenant ont plus d'éclat, il s'en présente toujours d'autres, plus rares, plus exquis, les jeux de leurs nuances, de leurs miroitements sont plus subtils, leur mélodie est plus savante, elle se fait toujours plus ample, comme produite par un concert d'instruments... C'est le moment où il convient de s'arrêter. Prendre un peu de repos. Une limite a été atteinte. On peut, avec cela qui vous attend, courir au-dehors, plein d'énergie inemployée, en gaspiller joyeusement quelques parcelles, s'ébattre... sauts, bonds, cabrioles, rires contagieux... jeux d'enfant protégé, insouciant.

Seul ici de nouveau il regarde les mots couler, s'attirer, se chercher... Il a acquis, depuis qu'il les a quittés, encore un peu plus de témérité. Il les déplace, les remplace, laisse où il est venu se poser ce mot qui répand autour de soi des lueurs vacillantes de veilleuse... l'ombre qui l'entoure est traversée de vibrations à peine perceptibles, de frémissements... il est parfait. Celui-ci projette un faisceau étroit de clarté qui aveugle. Il faudrait le remplacer par un mot plus terne. Il s'en présente un aussitôt, mais il ne convient pas, il est trop effacé. D'autres se proposent, d'autres encore... il faut attendre, chercher, bien prospecter partout... mais décidément il n'en découvre aucun qui conserve assez d'éclat... cette stridence... impossible de se résoudre à y renoncer... il faut juste l'adoucir un peu en accolant à ce mot celui-ci, opaque, éteint.

Il est derrière les mots pareil à la vieille servante au visage gris, aux yeux, aux mains usés, qui tapote un pli de la robe aux lourdes broderies, redresse un nœud de moire, pique sur le corsage une fleur toute simple, tandis que ses jeunes maîtresses s'impatientent, s'arrachent à ses mains, prennent leur envol pour le bal.

Il étend le bras... juste encore cela... Mais il faut savoir s'arrêter, il faut du naturel, un certain air de négligence... Se garder surtout des manies, des excès, si dangereux, de soins.

Les mots maintenant sont comme des particules d'acier qui viennent s'aligner le long des contours aimantés d'un dessin. D'une forme gravée en lui depuis longtemps. D'elle irradie une certitude, un apaisement.

Les mots sont ses souverains. Leur humble sujet se sent trop honoré de leur céder sa maison. Qu'ils soient chez eux, tout est à eux ici, ils sont les seuls maîtres... Qu'ils s'abandonnent à leurs fantaisies de grands seigneurs, qu'ils étalent partout pour sa

joie, pour sa fierté, leur désinvolture, leur inso-
lence savamment concertée.

Ils jouent, se répondent, se font écho. Ils se
répercutent. Ils se reflètent, ils miroitent... Et il est
pris dans le dédale de leurs miroirs, emprisonné
dans les entrelacs de leurs reflets... Il tourne, renvoyé
des uns aux autres...

Il faut s'arracher à cela, il faut sortir dans la clarté
du grand jour, là où tout est mat et muet... se
détendre, se reposer, oublier...

Et puis revenir. Les revoir... A distance cette fois,
il les contemple. Ils forment un bloc uni dont
toutes les pierres ciselées s'emboîtent exactement
les unes dans les autres. Son regard patine sur leurs
surfaces luisantes. Il sent peu à peu comme un léger
engourdissement. Il se secoue. Il regarde encore.
Les mots tout lisses, rigides et droits s'élancent,
pareils aux colonnes d'acier qui dressent dans
l'air limpide les cubes étincelants des gratte-ciel.

C'est le moment où il faut se dédoubler. Une
moitié de moi-même se détache de l'autre : un
témoin. Un juge... Je suis tout agité... encore un
instant... Attendez... Je sais ce que vous allez dire...
je le sais, je le pressentais... Mais je vous en supplie,
prenez bien garde. N'exagérez pas la sévérité. Vous
avez toujours si peur d'être trop indulgent... Peur
d'eux, là-bas, qui vous observent... Et s'ils avaient
raison avec leurs calculs, leurs prévisions... — Mais
voyons, ça crève les yeux... Vous vous en êtes vous-

même douté... — Non, ce n'est pas vrai, j'ai rarement autant fait de mon mieux, tant travaillé... humble, docile, audacieux, fier, inquiet, confiant... Tout. Tout comme il faut. Je suis allé jusqu'à mes limites extrêmes, jusqu'au bout de mes forces... — Beau résultat. C'est mort. Pas un souffle de vie. — Mais comment pas de vie... Pourquoi? — Vous savez, moi, je suis tout simple. Très primitif. Je ne me sers que de deux mots... A quoi bon les autres... plat, creux, déclamatoire, fignolé, léché... soyez tranquille, on vous les dira. Mais entre nous deux mots suffisent. Aussi grossiers que ceux-là : c'est mort. C'est vivant. Et c'est mort. Rien ne passe. Pas une vibration. C'est mort, bien mort. Quant à savoir pourquoi... — Oh c'est moi... tout vient de moi... je vous tire à moi, je vous entraîne... Mon vertige devant l'échec... Mon masochisme... Je vous le communique. Vous me donnez ce que j'attends. Écartez-vous, oubliez-moi... Ou bien non... ce n'est pas moi. C'est vous. Vous êtes dans un mauvais jour. Levé du mauvais pied. Tout pâteux et endormi. Vous savez bien qu'il y a des moments où l'on pourrait vous montrer les plus grands chefs-d'œuvre... vous resteriez tout aussi inerte... Réveillez-vous... ouvrez-vous... laissez-vous traverser... — Enfin... Regardons encore. Mais comment voulez-vous que je m'écarte quand vous vous cramponnez, quand vous êtes là, collé à moi, tout moite, tremblant... — Bon, bon, je vous laisse, je suis calme. Calmement j'attends. — Eh bien peut-être, après tout, qu'à y regarder encore... de plus près... — Oh non, je vous en prie, ne vous forcez pas, je mérite mieux que ça... surtout pas d'indulgence. J'ai encore plus peur quand je sens en vous ce vacillement... Soyez sûr. Soyez dur. Surtout pas de ménagements. Que vais-je devenir si vous aussi comme moi... Je n'ai que vous... Vous seul... — Comme si chacun n'avait pas son juge infaillible... Tous en ont eu un, tous ceux qui sont oubliés, enterrés depuis longtemps et tous les morts en sursis... toujours si contents... — A quoi bon me rappeler ça? Je crois en vous, c'est tout. Il le faut bien. Vous seul pouvez savoir. Qui d'autre? Allons-y. Je suis prêt. J'aurai la force... — Alors décidément j'ai beau tirer là-dessus, le secouer... il n'y a rien à faire... Rien ne passe. Aucun courant. Il faut se débarrasser de cela au plus vite. Le jeter aux chiens. — Oui, aux chiens... Mais laissez-moi juste encore un instant contempler, là, voyez, cette ligne, cette phrase qui sinue, sa retombée... Je l'ai tellement couvée, choyée... Il y a, vous me direz ce que vous voudrez, dans son mouvement une certaine force et, pardonnez-moi... comme une grâce ingénue... — Ingénue! Vous ne voyez donc pas qu'elle est grotesque? Des mièvreries. Des clins d'œil de vieille coquette du répertoire... Parlez-m'en... — Juste cela alors, c'est si peu de chose... permettez-moi... peut-être que placé ailleurs, encadré autrement... — Bon. Mettez ça de côté... Mais comprenez donc... c'est grave, ce qui s'est passé. Très grave. Il faut examiner les dégâts. — Oui, examiner... c'est ça... bien voir, chercher... comment... où ça a-t-il commencé? Ça a pourtant jailli de source... — Voilà, je cherche... Là, et encore là, c'est desséché. Redescendons encore... — Mais jusqu'où? Je ne veux plus regarder... J'aime mieux tout arracher. Repartir de rien. Ne plus repartir du tout... — Voilà. Je le tiens. Là c'est comme sectionné. C'est à partir d'ici que rien ne passe plus... Avant... Voyez... — Oui, bon, je vois... Je sais...

Maintenant laissez-moi. J'ai besoin d'être seul. Je me sens un peu secoué. Il faut un peu de temps pour se remettre.

Il se lève d'entre les morts. Il y a ici de ces résurrections. Les jeux ne sont pas encore faits — on peut toujours reprendre sa mise. On renonce, détruit, oublie, et on repart. Tout recommence.

Errant seul de nouveau dans ces étendues sans fin où il lui semble que personne avant lui n'a été tenté de s'aventurer... Aucune trace nulle part. Aucun jalon ici ni point de repère qui permette de conserver le sens des proportions. La plus inoffensive bestiole alerte toute l'attention, paraît aussi effrayante qu'un tigre... Tâtonnant, cherchant, mais quoi? Il n'en sait trop rien. Cela ne porte aucun nom... quelque chose qui serait comme ce tout premier suintement, ce mouvement à peine ébauché...

Il a l'impression que tout en lui se concentre, s'étire pour aboutir à une seule fine pointe sensible... Toutes les ramifications de son esprit dirigées vers ce seul point se tendent, se gonflent, comme prêtes à se rompre... La pointe chercheuse oscille doucement... se pose avec précaution... se retire, se pose de nouveau... palpe... là quelque chose se soulève... de là sort un courant... Ou bien est-ce une illusion? C'est de lui-même peut-être que part un courant qui passe à travers tout ce qu'il touche... Venu d'où en lui? Comment? Mais peu importe... De toutes ses forces rassemblées il cherche à accrocher ce qui est là, qui bouge, palpite, à le ramener... il le saisit un instant, et puis le lâche... se tend de

nouveau, le ressaisit, le lâche de nouveau, se tend...
il sent comme un étourdissement, une légère nausée, il lui semble par moments que son cœur
flanche... Encore un effort, et il accroche cela de nouveau, il le tient plus fortement agrippé, il le serre,
il s'y cramponne... cela bouge, l'entraîne, il est
secoué, déporté...

C'est une image et puis une autre... ce sont des
bribes de conversation, ou bien juste une intonation, un accent qu'un mouvement rapide traverse,
qui sont comme parcourus, secoués par une brève
convulsion.

Il faut capter cela, ce mouvement, l'isoler,
chercher... n'est-il pas possible pour qu'il se repro-
duise avec plus de netteté et se développe de créer
des conditions plus favorables?... le faire passer
ailleurs, dans d'autres images mieux assemblées,
d'autres paroles ou intonations, comme on trans-
plante une pousse sauvage dans un terrain amé-
lioré, enrichi de terreau, nourri d'engrais, dans
un lieu bien clos, une serre où sera maintenue
constamment une température appropriée?... Ici
peut-être, dans ces images composées tout exprès
avec des éléments pris partout, choisis et rassemblés, qui mieux que d'autres se laisseront traverser... Tout inspecter... ne pas laisser par inad-
vertance, par un souci frivole d'élégance, de beauté,
se glisser ici rien d'inutile, aucun futile orne-
ment... tout ici doit servir à faire se déployer, s'affirmer, quoi donc? Ce mouvement d'une parcelle
de substance vivante?

Les images maintenant sont nettes, le mouvement
en elles se précise... des mots propulsés au-dehors

les projettent comme sur un écran... elles sont grossies, déformées, différentes de ce qu'elles étaient, mais semblables en ce qui seul importe : le même courant qui les traverse, traverse aussi chaque mot et le fait vibrer.

Maintenant vous pouvez revenir. Il semble que cette fois nous ne pouvons pas nous y tromper. C'est là. Dans chaque détour et anfractuosité de cette construction érigée pour le recevoir et le contenir cela se coule, cela ne paraît chercher aucune autre issue pour s'échapper, cela ruisselle avec un naturel parfait, comme une source, comme une eau vive qui suit sa pente... Mais regardons de plus près, examinons mot après mot, soulevons, soupesons, tournons... celui-ci, là, que fait-il? à le voir ainsi posé un peu drôlement, comme un peu de guingois, et faisant dévier le mouvement, on a envie de le changer de place... Voyons... on le prend?... Mais attention... doucement... il faut beaucoup de précautions... tout risque de se défaire, de s'écrouler... mais on va juste essayer, juste un instant le déplacer légèrement... il y a là un flottement... il faut redresser ce contour, qu'il suive cette ligne... Non, que faites-vous? elle n'a rien à faire ici, cette ligne inscrite en nous depuis toujours, Dieu sait par qui... vite l'effacer, sinon les mots, vous le savez bien, comme des chevaux de cirque bien dressés vont se mettre à suivre ce tracé familier, à exécuter, guidés par lui, leurs figures harmonieuses, leurs pas savants... vite, replacez ce mot où il était... vous avez senti comme aussitôt cette chose vivante, tremblante... Bien, laissons cela, n'y touchons pas... ne craignez rien, elle est toujours là... mais il me semble qu'ici... je ne crois pas, cette fois, me tromper, ce mot propulsé hâtivement, venu trop vite, bousculant, écrasant les autres, lui, il me semble est un peu lourd, grossier... un poids mort... prenons pour le remplacer ces deux mots-là, tenez... mais ce n'est que pour voir, c'est pour la servir... et regardez comme ici ces deux mots assemblés vibrent, tout tendus par elle, impossible désormais de l'arracher à eux, de les séparer... d'autres mots attirés par eux surgissent, ils la font dévier, se déployer plus librement, il faut les suivre, cette fois leur faire confiance... voyez comme après s'être ramifiée, toujours guidée par eux elle reprend son cours avec plus d'abondance, plus de force...

Plus de force, c'est vrai. Plus de netteté, une plus grande complexité... Longtemps il la contemple... elle est bien telle qu'il l'avait aperçue quand elle lui était apparue pour la première fois, telle qu'il l'avait pressentie, et pourtant différente... pareille à la divinité qui s'entoure d'une lumière plus vive et parle à celui qu'elle revient visiter plus clairement et à plus haute voix...

Une voix haute. Très claire. Trop haute? Trop claire? Ne dirait-on pas qu'on perçoit par moments en elle comme des claquements métalliques? Ne dirait-on pas par moments qu'elle est transmise par un haut-parleur ou bien enregistrée sur un disque? N'a-t-elle pas perdu par endroits ses intonations hésitantes, un peu craintives... son léger tremblement?

Il écoute encore et encore... se méfiant de tout... et aussi de sa propre méfiance... elle l'a souvent égaré... et tout autant de sa satisfaction... il peut arriver, il le sait, qu'elle lui apparaisse un jour, quand il s'en souviendra, semblable à l'euphorie des mourants...

Une tête passe par la porte entrouverte : Alors, ça avance, ou bien on rêvasse, on perd son temps... On est heureux au moins? — Oui Madame, je suis heureux. — Ah, tant mieux, sinon... Vous savez qu'on doit se sentir heureux. Tous les vrais écrivains ont éprouvé ce sentiment. Quand on ne l'éprouve pas, je suis obligée de vous en avertir, c'est mauvais signe.

« Nous le prendrons. Enfin, je le crois. On sent
là, c'est certain... » Il tend le cou, il se soulève...
est-il possible qu'en eux aussi cette chose, comme
en lui, toute tremblante, tâtonnante, se fraie son
chemin... « C'est musclé. — Muselé? ah, musclé,
comme on dit ficelé, comme on dit brossé, torché,
enlevé... — Ça a de la vigueur. Et vous trouvez des
expressions charmantes : grumeleux appliqué à
ces petits pavillons... c'est tellement ça. Et puis il
y a de l'atmosphère — c'est important. » Il sent dans
tout son corps une lourdeur, un engourdissement,
dans sa tête un bourdonnement comme avant les
syncopes... il se raidit... « Oui, je comprends...
— Régier... vous connaissez? — Non, je ne le connais
pas... — Pas personnellement, ce n'est pas ça que je
vous demande. Je vous parle de son œuvre... Vous
ne l'aimez pas? » Le colosse à la large mâchoire
debout près de la porte fait un mouvement. « Si,
je l'aime, bien sûr que si. Je l'admire. Mais si vous
croyez à une influence, là, je ne pense pas, je l'ai lu
très tard, j'avais déjà commencé... » D'une table
voisine une tête se penche... « Il n'aime pas Régier?
— Si, mais il l'a lu récemment... Vos projets? — Je

vais continuer... enfin je crois... — Vous croyez?
Quand avez-vous terminé ça? — Oh il y aura bientôt
un an... Mais je n'osais pas, je voulais garder juste
pour moi... même détruire, parfois... J'ai eu des
moments... — Ah, comme Kafka... Si je vous
demande quand, c'est que c'est très bien pour
un début... mais ce qui viendra après, comment
vous allez continuer, c'est ça qui compte. Il faudrait
avoir moins peur, oser vous déployer... dans un for-
mat plus grand, vous voyez ce que je veux dire...
Sinon, vous comprenez, ça ne vaudrait pas la
peine... » Il fait un mouvement, sa main se tend vers
le mince paquet de feuilles posé sur la table... Pas
la peine, vous avez raison, rendez-le-moi, je le
reprends, vous êtes indigne... assez galvaudé, on se
passera de vous. Ce qui est là existe si fort que tous
vos Régiers seront morts depuis longtemps... Il
abaisse sa main... Il n'a pas eu besoin de parler
pour qu'ils perçoivent chaque mot. Il le voit dans
le regard qu'ils échangent, ils ont tant d'expérience,
ils en ont vu tant : tous les mêmes... d'abord tout
humbles, infantiles... le « nouveau » assis au bord
de sa chaise dans le bureau du proviseur, les yeux
baissés, tortillant sa casquette... et au moindre
mot ces sursauts d'orgueil dément... Pourquoi
Régier? Mieux que tous les Régiers passés, futurs,
présents... comptant les jours, les heures, supputant
le moment... mais la poste a du retard, mais il y
a eu des jours fériés, mais un événement imprévu,
un accident, un deuil, une maladie a pu retarder
cet instant où devra se produire en nous, au premier contact, ce bouleversement, cette émotion si
forte qu'elle confine à la souffrance, qui nous fera
bondir, courir en pleine nuit, jeter dans la boîte aux
lettres, glisser sous sa porte, le billet sur lequel

notre main tremblante aura tracé : « Chère âme, on vous attend. » Mais la première déception passée, ils se rangent docilement... en général on n'a aucune difficulté... « Il y a bien des imperfections, c'est normal, nous avons relevé des facilités, souligné des inélégances, voire même une certaine vulgarité. Il faudra corriger cela. — Oui, vous avez raison. Je l'aurais déjà fait... mais alors, elle disparaît, elle se durcit, se dessèche... — Qui elle? — Cette chose, là, qui bouge, se propulse... elle s'arrête, elle ne passe pas... Quand on la cherche, on trouve des mots... — Mais les mots seuls comptent. Oubliez-la. Les mots, s'ils sont de bonne qualité, vous en feront venir d'autres, de bien meilleurs. Soyez tranquille, vous ne perdrez pas au change... Pourquoi souriez-vous? — Oh rien, je pensais à une histoire... » Ils se regardent étonnés : une forte tête, apparemment, celui-ci, un vrai numéro, on n'en voit pas souvent... la plupart font juste semblant, se choisissent les rôles les plus éculés du répertoire... mais celui-ci est amusant... « Quelle histoire? — On la raconte de Jarry. Il tirait des coups de fusil dans son jardin. La voisine lui crie : Mais vous êtes fou, vous allez tuer mes enfants! Et il lui répond : Ne vous inquiétez pas, Madame, on vous en fera d'autres... — Cela signifie que vous refusez de supprimer les platitudes, les vulgarités? — Non. Je corrigerai. Je ferai de mon mieux. Vous savez, le travail ne me fait pas peur. » Voilà qui est bien. Décidément, c'est un bon sujet. A encourager. « Vous êtes très seul probablement. — Oh, oui, très seul. Je ne m'en plains pas, mais enfin... — Cela vous fera du bien de rencontrer des gens qui ont les mêmes préoccupations que vous, qui s'efforcent de surmonter des difficultés du même ordre, ce sera très stimulant. » Voyons un peu qui lui convient. Il y en a plusieurs, il faut consulter nos listes... Il prend congé. Il remercie, il est touché, très honoré, on le comble, il n'en demandait pas tant...

Vous voilà donc ici, parmi nous. Vous verrez, on n'y est pas si mal. On se sent soutenus. Appuyés les uns aux autres. On s'est cru, n'est-ce pas, si seul, tout différent... Et on est surpris, on est réconforté de découvrir entre nos états les plus subtils, jusqu'entre nos manies les plus étranges une telle ressemblance.

Nous aussi, comme vous, pendant des jours, des semaines, parfois des années, au cours de tant de nuits blanches, nous cherchons sans trouver, nous trouvons sans chercher... ne perdant jamais courage et pourtant presque toujours découragés...

Nous qui ne sommes pas capables de ne pas nous répéter et qui ne nous répétons jamais...

Nous avançons tous à tâtons dans nous ne savons quelle direction, vers quel but... Et rien, n'est-ce pas? n'éveille davantage notre méfiance que l'impression d'avoir atteint d'emblée la perfection...

Nous avons tous appris que c'est ce qui nous est venu au prix de beaucoup d'efforts, de souffrances, qui se trouve être, en fin de compte, le plus résistant...

Et encore, c'est surprenant, nous aussi, comme

vous, quand tout semblait perdu et que soudain au loin quelque chose pointe, nous nous levons, nous sortons chassés par la crainte d'affronter les dangers, les déceptions, nous courons portés par l'espoir... nous nous gaspillons follement à nous ébattre, barbotant dans un bonheur encore intact...

Nous formons à nous tous un petit bloc homogène, fait de la même substance.

Nous sommes là, vous nous entendez? Nos petits coups répétés dans les murs vous avertissent de notre présence. Nous. Qui nous? Vos pareils. Chacun seul, enfermé comme vous. Et pour les mêmes raisons. Nous sommes au même étage. Dans la même section. Soumis au même traitement. Réunis ici par la volonté de nos maîtres. — Qui nous? — Vous le saurez. — Je ne veux pas le savoir, je ne veux pas vous voir. Je n'ai rien de commun... — Rien de commun? Mais qu'en savez-vous? Depuis quand est-ce à vous de juger? Vous verrez, vous vous y ferez. Il y en a toujours parmi nous quelques-uns qui, au début, comme vous, regimbent. Mais on s'habitue assez vite. A l'heure où vous pourrez aller nous rejoindre, tourner avec nous à l'air frais, voir des visages, même les nôtres, entendre parler, vous n'y tiendrez pas, vous viendrez.

Ils clignent à la lumière, ils s'étirent, ils se détendent, ils plaisantent, ils rient. Ils paraissent bien se connaître, ils sont, c'est évident, tout contents de se retrouver. Il y a entre eux un curieux air de ressemblance... Comme des signes communs... Quels signes? On ne peut pas s'y tromper... Ce sont des indices... Il perçoit sur leurs visages comme un acquiescement... Il se sent défaillir... leurs mains aux paumes moites et molles se collent à ses mains... Oui, c'est bien cela. Vous avez raison. Il y a entre nous des signes communs. Les mêmes en vous et en nous. Nous sommes, comme on dit, logés à la même enseigne. Vous et nous, c'est tout un. Ils opinent de la tête, il voit sur leurs faces tournées vers lui de doux sourires d'innocents... Oui, oui, c'est ça... vous avez bien vu. Bien sûr, nous sommes les petits. Enfin pas les petits exactement. Car parmi les petits nous sommes les plus grands.Nous sommes les moyens, devrait-on dire, ce serait plus juste. Mais un pareil classement entre petits, moyens et grands pourrait indisposer nos maîtres. Sûrement eux qui sont les grands, ils seraient choqués d'une telle promiscuité. Cela laisserait supposer que nous avons osé comparer, juger.. Les grands sont sourcilleux. Ils se méfient même de notre admiration. Elle suppose que nous les regardons, et cela, déjà, est insolent... Ce qui convient à leur égard, c'est le silence.

Mais pas moi, je ne veux pas. Moi je juge aussi. Comme il me plaît. Moi, voulez-vous que je vous dise ce que je pense... Ils se bouchent les oreilles... Non, nous ne voulons pas l'entendre... Qui se préoccupe de vos jugements? Qui est le juge ici? — Mais n'importe qui. Moi, par exemple. On est tous égaux. — Tous égaux? C'est excellent. Mais qui a demandé à être jugé? Qui, un beau jour, n'y tenant plus, a voulu savoir? Qui a attendu le verdict, supputé, espéré, tremblant, défait? Est-ce nos juges ou nous? Et maintenant, on n'est pas content. On est vexé d'avoir été classé, d'être l'un d'entre nous. Promu au même rang...

Non, qu'ils ne croient pas cela. Il ne s'agit pas de cela. Ce n'est pas une question mesquine d'amour-propre. Il est tout pareil à eux, semblable à eux, il le sait bien. Tout heureux quand ils ont les mêmes sympathies, les mêmes répulsions. Plus enclin que n'importe qui à se confier à eux, même à quéman-der leur approbation sur des questions sur lesquelles chacun d'ordinaire se fait son opinion et ne demande l'avis de personne. Il est tout prêt à accep-ter toutes les ressemblances qu'ils voudront. De constater qu'ils ont les mêmes manies... bien qu'à vrai dire il en a été surpris, il ne s'en doutait pas. C'est juste ce nous, quand ils l'emploient en faisant allusion à quelque chose de si intime, de si unique... n'est-ce pas naturel, ils devraient le comprendre. Ce n'est pas qu'il s'attribue un don, des qualités plus grandes... Il ne s'agit pas de ça... Quand il voit des gens se glorifier de ces choses-là, il se demande toujours s'ils ont vraiment jamais connu ces moments, s'ils savent ce que c'est... cette limite, ce point extrême atteint ne serait-ce que pendant quelques instants... Des instants de si parfaite fusion, hors de toute proportion, de toute commune mesure... Quelque chose, en somme, comme l'amour... C'est à se demander comment ceux qui ont vécu pour de bon ces moments-là peuvent s'en targuer? Quand ils disent « nous », il a l'im-pression qu'auraient ceux qui ont dans leur amour vécu de ces moments, s'ils se voyaient tout à coup saisis brutalement et transportés parmi les couples endimanchés, enrubannés et embouquetés qui ont posé pour les photographes et sont exposés les uns près des autres dans leurs vitrines, se tenant les mains, se souriant d'un air satisfait et se regardant amoureusement dans les yeux.

Pas de nous. Le nous est dégradant. Nous pour tout le reste, mais pas pour cela. Il n'y a pas de nous possible ici. Il est seul, comme au moment de sa naissance, comme au moment de sa mort, quand barricadé chez lui, tout son être ramassé sur lui-même, tendu vers cela, il se penche vers cette à peine perceptible craquelure...

Ils échangent entre eux des sourires, leurs têtes dodelinent... Mais vous savez, cette fente dans la paroi lisse par où quelque chose, un mince filet suinte, serpente en mots qui tremblent, s'irisent, jouent, s'attirent... en rythmes qui s'ébauchent, s'amplifient... nous aussi, nous connaissons ça. Même cela, figurez-vous, nous est commun. Vous voyez bien, nous sommes pareils. En tout. Nous. Nous. Nous.

Il s'écarte, il supplie... Non, je vous en prie, pas ça... Ses jambes flageolent. Le coup est mortel... Je vais mourir... Ils font cercle autour de lui. Ils ont dans leurs attitudes un air de résignation, sur leurs visages des sourires très doux et un peu tristes... Ah mon petit, ça ne va pas du tout comme ça. Il faut, quand on est entré ici, se soumettre à certaines règles. Des règles d'humilité, de contrition. Ici, entre nous, on ne se prend pas tellement au sérieux. Il faut avoir plus de détachement, conserver un certain recul qui nous empêche d'oublier notre condition. On est obligé de vous l'apprendre... Ils soupirent, ils hochent la tête, ils paraissent se parler à eux-mêmes... « Ah on s'agite beaucoup, on se donne tant de mal, on use ses forces, on sacrifie sa vie, et pour quoi, quand on y pense... N'a-t-on pas par moments l'impression d'être fou?... Pour quoi tant de luttes, tant de souffrances... quand on se demande souvent, quand on se dit, n'est-ce pas? que personne probablement ne se souviendra encore de nous dans cinquante ans. »

Il lève la tête, comme s'il hurlait à la lune... Mais moi. Mais moi, moi, jamais... C'est une idée qui ne me vient pas. Une idée ignoble... de petit. Une idée de moyen, résigné à son sort comme vous, humble, contrit. Mais moi jamais. Jamais. Jamais je n'ai daigné supputer, calculer... cinquante ans, cinq cents ans... je n'ai jamais compté. Quand se produit un de ces miracles le temps respectueusement se retire, le moment s'étire à l'infini... Il plane, suspendu dans l'éternité... Mais à quoi bon vous expliquer, vous ne pourrez jamais comprendre. Je suis seul. J'en ai la preuve. Je n'ai rien à voir avec vous. Seul. C'est bien ce que je pensais.

Des yeux où la satisfaction s'étale en une tache huileuse se posent sur les siens... Mais moi non plus. Moi, comme vous, je ne suppute jamais. Ce qu'on éprouve à certains moments porte en soi sa récompense. Apporte une assurance. Une certitude. Chacun d'entre nous, au fond, sans oser l'avouer, doit sentir que pour lui le temps ne compte pas. Sinon, en effet, pourquoi... Moi, en tout cas, je suis comme vous. Je vous comprends.

Il sent la répulsion monter en lui, s'échapper... de ses yeux rivés à ceux de l'autre elle coule... Vous, le plus chétif de tous, vous que j'ai été surpris de trouver, même ici parmi eux, vous dont la présence, plus que celle de tout autre, a éveillé mes craintes, mon dégoût, vous dont la promiscuité me couvre de honte... Vous... Mais comment ont-ils osé me mettre là où vous vous trouvez?... Vous, vous ne supputez pas?... Vous, vous connaissez aussi ces moments... où le temps plein de déférence s'écarte?... Les yeux toujours appuyés sur ceux de l'autre, il fait pénétrer en lui ce qui sort de son regard... plus loin, encore plus loin jusqu'à ce que cela atteigne dans l'autre les points fragiles, les centres vitaux...

Mais ce qu'il voit monter et affleurer à la petite flaque qui luit dans les yeux fixés sur les siens, c'est l'étonnement. Et puis il sent comme des ondes qui viennent en sens inverse, comme des particules dirigées vers lui pour le bombarder, le désintégrer... Vous? Vous êtes choqué de constater que je vous ressemble? Vous que nous avons été stupéfaits de voir introduit parmi nous. Vous qui n'avez rien fait. Mais ce qui s'appelle rien. Vous à qui nos juges ont accordé — grâce à quel passe-droit, quelles intrigues, quelle flagornerie? — un crédit qui nous humilie. Vous, un paresseux. Un velléitaire. Prétentieux. Ennuyeux. Regardez-vous. Voici votre image reflétée dans mes yeux. Voyez ce minuscule tas gris. Ce sont vos biens, vos trésors. Nous les avons examinés : ce sont des choses comme on en découvre dans les tiroirs des vieux maniaques solitaires, bouts de ficelle, chiffons, vieux clous, vieux objets usés, depuis longtemps inutilisables, que chacun de nous sans hésiter jette à la poubelle. Vous êtes surpris de me voir, moi, oser me comparer à vous! Vous? Vous? Vous?

Il est content ainsi, tout à fait comblé, il lui semble qu'il est revenu au bon vieux temps, quand personne ne savait qui il était, quand il se sentait toujours en sécurité, bien préservé, quand il savait qu'il ne courait jamais aucun risque.

Tout ce qu'il désire, c'est de n'être rien, comme autrefois, rien qu'un creux, une place vide où ils peuvent à leur guise s'installer, s'étaler... être une chose informe affaissée contre le mur, dans un coin... la mince peau fripée d'un ballon de baudruche qu'ils ramassent, dans lequel ils soufflent... qu'ils emplissent d'étonnement, d'admiration... « Ah, nous sommes de drôles de gens, des maniaques, au fond, n'est-ce pas ? des obsédés, des angoissés... on serait surpris de voir vers quoi par moments notre angoisse se porte... — Oui, moi j'appelle ça mes abcès de fixation : un livre dont je n'ai pas besoin, un coupe-papier, une vieille lettre au rebut, n'importe quoi dont on se souvient tout à coup, et on abandonne son travail, on fouille partout, on se jette de tous côtés, il faut le retrouver à tout prix comme s'il y allait de notre vie... Ils acquiescent l'air heureux, rassurés de sentir entre eux ces liens si ténus soient-ils... on est, n'est-ce pas? si isolé... ils rient... Et cet apaisement ridicule, quand enfin on a retrouvé... — C'est ce besoin constant de recherche qui nous talonne ainsi, qui trouve une issue, n'importe laquelle... la première qui se présente... Qui se satisfait à peu de frais... Nous sommes des paresseux... Toujours des ruses pour éviter l'effort terrible, l'affrontement... — Oui, pour différer l'instant où il faudra faire le bond... sauter dans le vide... Je me dis chaque fois : ce coup-ci, c'est fini. Je vais me briser les reins. Et pourtant on a été, n'est-il pas vrai? instruit par tant d'expériences... On devrait savoir qu'on retombera sur ses pieds... On sait qu'on s'en sort toujours... Mais comme c'est étrange, chaque fois on l'oublie, on repart chaque fois à zéro, en éternels débutants... — Et dire qu'il se trouve des gens pour nous envier... Ah, s'ils savaient... » Ils voient près d'eux sa tête comme un ballon tendu qui d'un mouvement régulier opine, ses yeux immobiles qu'emplit l'étonnement, sa face d'où suinte et que recouvre comme un enduit luisant l'admiration. Et ils lui sourient... « Vous devez trouver que nous sommes de drôles de gens, n'est-ce pas, nous autres artistes? »

Mais elle l'a repéré, elle le surveillait, il n'y a pas moyen de la tromper. Elle seule a perçu son mouvement aussitôt réprimé, son ricanement muet, le bref sifflement qu'il a émis tandis qu'il sortait et rentrait les fines pointes de sa langue fourchue... « artisses »... Il sent comme elle tressaille... elle se tourne vers lui... il voudrait fuir, se cacher n'importe où, disparaître... mais il est trop tard, elle

tend la main, elle va le saisir... il se recroqueville...
et elle l'attrape, elle le brandit devant leurs yeux...
« Mais vous savez que lui aussi... » il se tord hideu-
sement, serré dans son poing... « Mais non, voyons,
c'est ridicule, non, de quoi parlez-vous ? Ça ne
compte pas, c'est moins que rien... » Mais elle ne
le laisse pas s'échapper... « Mais si, mais si, il ne
faut pas être si timide, si timoré... Vous savez que
lui aussi en est un... » elle le jette devant eux, tout
brisé... leur cercle se resserre, ils se penchent...
« Ah vraiment ? Mais nous ne savions pas... Mais
où ? Mais quand ? » Elle le pousse légèrement du
pied... « Mais bientôt vous verrez... » Toutes les
têtes au-dessus de lui avec une gravité comique
se balancent, il y a sur les visages une expression
affectée de considération... « Mais dites-moi, c'est
magnifique. Mais c'est trrrès intéressant. »

Il est impossible qu'ils ne le voient pas. C'est là, surgi du néant. Cela se dresse, se déploie avec assurance, avec une audace tranquille.

Au centre de cela il y a quelque chose d'indestructible. Un noyau qu'il n'est pas possible de désintégrer, vers lequel toutes les particules convergent, autour duquel elles gravitent à une vitesse si énorme qu'elle donne à l'ensemble l'apparence de l'immobilité. Autour de cela des ondes se répandent, tout oscille, tout vibre autour, si on s'en approche on se met à vibrer.

C'est là, étalé avec une impudeur innocente comme une chose naturelle, comme une plante, comme un arbre.

Une impulsion venue on ne sait d'où l'a fait naître et se développer, se nourrissant d'aliments de toutes sortes, ramassés au passage, attirés de toutes parts et intégrés. Et puis de soi-même, comme tout organisme vivant qui a atteint sa forme, cela a cessé de croître.

Rien de plus imprévisible que cette croissance. Rien de plus nécessaire, de plus indépendant de toute volonté, de moins arbitraire et qui soit davan-

tage soustrait aux fantaisies désinvoltes, au caprice.

Il y a dans la façon dont cela a poussé une violence contenue, une agressivité toujours maîtrisée
qui lui a permis de mordre sur la molle grisaille
ambiante.

C'est là. On ne sait pas ce que c'est... Est-ce beau
ou laid, on n'en sait rien... Une merveille? un
monstre? peu importe.

Il est impossible d'en arracher une parcelle sans
que cela se vide de sa sève, de son sang.

C'est là, comme une bête vivante, lovée sur elle-
même, chaude, qui respire, palpite doucement,
l'œil mi-clos, prête à se dérouler... ils vont s'en
approcher, surpris, inquiets, ils vont la toucher...

Mais leurs regards passent et repassent sur cela
distraitement sans le voir. Leurs regards sont comme
des pinceaux salis d'avoir été promenés sur toutes
sortes de surfaces poussiéreuses, et ils passent aussi
sur cela, ils étalent sur cela une même couche sale
d'enduit.

On n'aperçoit qu'une forme grossière aux
contours mous qui se confond avec d'autres recou-
vertes d'un même badigeon.

Il ne parvient pas à retrouver ce qu'il voyait, ce
modèle unique, pareil à un meuble précieux,
composé d'essences rares, poli, luisant, vivant,
exigeant de n'être manipulé qu'avec de respec-
tueuses précautions, caressé par des regards intacts.

En vain il s'efforce de le décaper, de gratter l'enduit, de dégager ce qui était là, s'offrant avec une
confiance orgueilleuse aux attentions tendres, aux
soins savants.

Il est clair qu'il s'est trompé. La solitude produit de ces erreurs. Le désert où il a erré si longtemps est plein de mirages de cette sorte. Il s'est laissé abuser. Il n'y avait rien. Rien là devant quoi s'arrêter, de quoi s'étonner, se réjouir, à quoi rêver, rien par quoi se rehausser... mais il ne cherchait pas à se rehausser... il ne s'agissait pas de lui, c'était là, en dehors de lui, il ne savait pas comment cela avait surgi, il ne se rappelait pas bien ce qui s'était passé, il lui semblait qu'il n'y était pour rien... il ne leur demandait rien pour lui-même, il peut les en assurer, si c'est ce qu'ils pensent. Tout ce qu'il lui fallait, c'est qu'ils lui montrent qu'ils sentent comme lui cette présence, que c'est bien là pour eux aussi... quelque chose qui existe très fort, à quoi il n'est pas possible de passer outre, qui ne ressemble à rien d'autre... juste qu'ils confirment cela.

Mais ils ne disent rien. Il faut se rendre à l'évidence. Il n'y a rien là qu'une chose quelconque, comme on en voit tant... plutôt mal venue, si on la compare à tant d'autres... Si on a le courage de la regarder comme ils le font, avec le même calme, le même détachement.

Il est prêt tant il veut connaître la vérité à leur donner raison même contre soi... ils doivent savoir, ils sont si sûrs d'eux-mêmes, ils sont meilleurs juges que lui, plus impartiaux, plus compétents... Ses yeux suivent docilement la direction de leurs regards, se posent ailleurs, se fixent ici, puis là... Et alors il aperçoit de tous côtés, dans ce qui les occupe et dont il n'avait pas daigné remarquer la présence, une grâce naturelle, une élégance qui ne peuvent évidemment pas échapper aux regards avertis des connaisseurs. Auprès de ces produits d'un art savant servi par un goût subtil, la merveille unique devant laquelle il s'était imaginé dans son outrecuidance, dans sa démence, qu'ils allaient s'arrêter interdits, s'extasier, a un aspect pataud, grossier, mal léché, un air de sans-gêne vulgaire, d'arrogance brutale... c'est un rustre aux vilaines façons indigne de se trouver en bonne compagnie.

Une fureur, une haine qu'enfle la souffrance, l'amour humilié – celle d'un père qui voit sa fille chérie, qu'il a amenée au bal, dédaignée de tous, faire tapisserie – le pousse à faire sortir d'ici, allons, ça suffit, il faut rentrer, la fête a assez duré... à traîner loin de leurs regards l'objet dérisoire de tant de soins, le porteur indigne de tant d'espoirs... à le dissimuler, qu'is disparaisse, surtout qu'on n'y pense plus, qu'on l'oublie...

Le voici délivré. Seul. Indépendant. Parfaitement détaché. Fier. Comme eux disponible... Il flâne avec eux, déambule, s'arrête ici et là, observe, intéressé, légèrement excité... « Décidément voici quelque chose d'excellent, de remarquable, je dois reconnaître que j'ai d'abord été un peu dérouté, un peu déçu, je l'avoue... je devais être mal disposé... une fatigue... il y a de ces jours, n'est-ce pas? Mais en y regardant de plus près, j'ai trouvé dans ce livre quelque chose d'exquis, à chaque instant des trouvailles charmantes... et celui-ci, vous avez raison... il rend un son... il a un ton tout à fait insolite... il y a là une force de conviction... »
Et voilà tout à coup qu'ils se tournent vers lui... « Mais vous aussi, au fait... Et vous? » Ils s'étaient amusés un peu trop longtemps, passant et repassant autour de cela, tout près, sans jamais le toucher,

exécutant autour de cela leurs circonvolutions et virevoltes savantes... Mais le jeu a assez duré... ils l'ont senti... ils ont perçu son mouvement quand excédé d'attendre il remballait à la hâte sa marchandise, quand il essayait de leur échapper... ces sortes de mouvements les excitent... ils veulent le retenir... « On vous oublie, on s'occupe toujours des autres... Voilà ce que c'est, n'est-ce pas, de vouloir toujours s'effacer, d'être si modeste... » ils sourient malicieusement... Hé là... mais où va-t-on? On déguerpit, on veut fuir, leur cacher cela? On veut garder ses distances? On prend des airs indépendants, comme si on n'avait jamais rien fait, rien commis. On se promène, comme ça, fièrement, en toute sécurité, ne demandant rien à personne, donnant son avis sur tout, comme ils le font, faisant son choix... alors qu'on était là, il y a encore un instant, accroupi à leurs pieds, guettant sournoisement le chaland, avec dans ses yeux, derrière leur surface dépolie, cette lueur enfiévrée, cette petite flamme qui vacille, s'incline, se redresse au gré de leurs mouvements, quand ils passent et repassent, vont s'arrêter, s'éloignent, se rapprochent, déjà se penchent...

« Et vous, au fait... Vous savez, j'ai lu votre livre... » Il lève la main comme pour se protéger... il s'écarte comme pour ne pas être éclaboussé... « Oh non, je vous en prie... » il se sentait si bien, hors de leur portée, oublié de tous et de lui-même... Tout était remis en place, tout était rentré dans l'ordre, le bon vieil ordre auquel il s'était habitué, auquel il s'était si bien accommodé. Qu'on le laisse tranquille, c'est tout ce qu'il demande... « Non, pourquoi moi? — Comment pourquoi? » ils se rapprochent, avides, aguichés, s'attendant à voir de nouveau comme il rougit, frémit, se contorsionne, se recroqueville, se tend... Mais ils auront beau palper, fouiller, ils ne trouveront rien. Rien ne va sourdre de lui. La fine sonde dont ils se servent si bien, qu'ils savent si délicatement, avec tant de précision, une adresse acquise par un long entraînement, introduire en chacun pour drainer, recueillir, examiner ces gouttelettes de liquide fade qui suintent de la vanité blessée, ne ramènera rien. Pas la moindre goutte... tout est parfaitement lisse, cicatrisé... ils auront beau irriter, gratter...

« Mais vous savez que c'est excellent. Je parle sérieusement. Croyez-moi, c'est remarquable... » Il y a dans leur ton une conviction, une sincérité... on ne peut pas s'y tromper... « Je l'ai lu d'une traite, sans pouvoir m'en arracher, je voulais même vous écrire... »

La gratitude en une énorme vague écumeuse se soulève, déferle, le bouscule, le roule, il tombe, il se redresse... il s'agenouille devant eux... il a envie de leur rendre grâces, de leur demander pardon... Comment a-t-il pu? Comment a-t-il osé penser? Qu'est-ce que c'est que ces sondes? Ces plaies sournoisement irritées?...

Il s'était retranché par crainte, par orgueil, il s'était enfermé seul dans un taudis sans air, sordide et sombre, et tout à coup, comme dans ses rêves, une porte s'est entrouverte, elle s'ouvre, il la franchit, elle donne sur les vastes salles d'un palais, il s'avance émerveillé vers des terrasses, vers des jardins pleins de fleurs, de pelouses, de jets d'eau, de bassins de marbre rose où dans une eau mordorée tremblent les cimes balancées des arbres...

Il a envie de courir, de bondir, de jouer, ses mouvements sont libres, audacieux... Plus besoin de dignité, de pudeur, plus besoin de prudence, il n'en faut pas avec eux... « Et moi, figurez-vous, qui croyais que vous détestiez ça... que vous ne pouviez pas m'en parler... Je me disais que vous aviez raison, que c'était vraiment très mauvais. J'en avais honte. Je vous imaginais en train de lire, remarquant au passage toutes les négligences, les gaucheries, les inélégances... Je ne voyais plus qu'elles... »

Ils se rétractent légèrement, ils ont un air presque offusqué, comme un peu vexé... « Mais non, voyons, qu'est-ce que vous vous imaginez? J'ai trouvé ça très fort, au contraire. D'une grande originalité... — Ah oui? Il entend son propre ton infantile, béat... Vous trouvez? »

Il se retourne, il l'appelle, il veut la revoir... qu'elle revienne, vite, qu'elle se montre...

Et la voilà de nouveau, il la retrouve, elle lui apparaît telle qu'elle était... elle se dresse, vivante, ressuscitée... il la contemple... l'œuvre unique... incomparable... venue prendre sa place parmi les œuvres de la création... Il revoit ses imperfections, ses irrégularités, ses maladresses... elles sont touchantes... elles révèlent sa force, son audace juvéniles, la liberté, la spontanéité de ses élans.

« C'est vraiment de premier ordre. Il y a long-temps qu'il ne m'est pas arrivé de rencontrer quelque chose de cette qualité... Je remettais toujours le moment où je pourrais vous en parler tranquillement, vous dire ce que j'en pense... »

Comme des rescapés qui viennent d'échapper à la mort se congratulent, tout excités, échangent bruyamment leurs impressions, tout en lui maintenant dans un désordre joyeux se bouscule... il le savait, il n'en avait jamais douté au fond, il l'attendait depuis longtemps... il y a eu tant de pressentiments, de prémonitions, tant de signes... le sort malicieux s'amuse à vous jouer de ces tours, et c'est toujours au moment où l'on a cessé d'espérer qu'il vous fait ses dons les plus somptueux... Non, on doit plutôt voir ici cette récompense qu'obtient la vraie force... il faut savoir renoncer pour de bon, surtout pas de comédie, inutile d'essayer de tricher, de tromper... seule l'indépendance vraie, le détachement sincère exercent sur les autres à distance cette action... c'est comme un fluide qu'on leur envoie... Un destin propice n'a jamais cessé à son insu de le conduire... il a fait de sa vie un conte de fées... elle a été semée de miracles... C'est le triomphe immanquable de la vraie valeur, de la vérité... C'est le résultat de tant de pactes, de gages, de précautions superstitieuses, d'exorcismes, de serments... Les dieux ont fini par bien vouloir accepter ses offrandes, sa jeunesse égorgée, sa vie sacrifiée, toutes les réussites terrestres immolées sans hésiter pour obtenir juste cela, rien de plus, ce seul accomplissement...

« Eh bien oui. J'ai aimé votre livre. Beaucoup. » Il se penche, il se tend, il s'ouvre pour absorber les mots qui suivront... Il y a un moment de silence... il voudrait l'abréger, il voudrait le prolonger juste encore un peu... juste encore un moment de suspens... mais les voilà... ils sortent par saccades brèves... des mots sans lien visible entre eux... ils tombent durs et drus, ils tambourinent contre lui sans pénétrer. De temps à autre il parvient à en attraper quelques-uns au passage : Symbolisme. Surréalisme. Impressionnisme. Gros plans. Pans coupés. Structure. Spirale. Mouvement de rotation... Par-dessus sa tête le regard de l'autre se fixe au loin comme pour y saisir quelque chose, puis les mots jaillissent... On dirait une baleine qui plonge dans l'océan, absorbe de l'eau et la rejette très haut en colonnes de vapeur énormes, des gouttelettes brillent dans un halo irisé, retombent... Hélicoïdal. Photographies. Cartes postales. Dessins animés. Comique. Tragique. Ontologique. Drame. Psychodrame. Arabesques. Contrastes violents de tons. Collages. Papiers collés... C'est délicieux de le voir plonger, puiser, jeter en l'air, s'ébattre en toute liberté...

Qu'il fasse ce que bon lui semble, qu'il se sente chez lui ici, tout est à lui, il est le seul maître... qu'il cherche, qu'il trouve, qu'il prenne, qu'il lance très haut ses jets étincelants... l'œuvre est comme l'océan... Immense. Profonde... Elle est à fonds multiples comme le chapeau des prestidigitateurs. Un magicien en fait sortir devant les yeux étonnés des spectateurs cela et cela encore... on voit s'envoler des colombes, monter des ballons, ruisseler des flots de rubans, des œufs tomber et se répandre... Voyez. Regardez. Voici une vraie trouvaille. Une chose étonnante. C'est ce que j'appellerai le pivot central. Bien des gens ne l'auront pas remarqué. Et c'est pourtant là, selon moi, le point autour duquel toute l'œuvre s'organise. Mais remarquez : ce centre est un creux. C'est un silence. C'est une rupture dans le temps... Cette scène dans la salle d'attente déserte d'une gare... C'est un temps mort. Un centre détruit. Tout le livre gravite autour de lui.

Il cherche, il parcourt en hâte le chemin... chaque étape apparue d'abord devant lui comme un obstacle insurmontable... franchie avec des efforts douloureux, désespérément lents, tandis que se dessinait déjà plus loin l'étape suivante... il s'était avancé de l'une à l'autre craintivement, s'attendant à chaque instant à laisser là ses dernières forces... Maintenant il refait le trajet très vite, il le survole, il scrute... rien... nulle part... pas trace d'une gare... rien qui lui ressemble...

Il hésite, il n'ose pas interrompre la superbe performance, briser l'élan, repousser brutalement tant de présents généreusement offerts, refuser tant de soins, rompre le contact, renoncer à la joie de cette expansion à l'infini, de cet épanouissement, tout ramener entre des bords étroits, tout réduire, assécher, tout flétrir... il n'en a pas le courage, il ne peut pas... il acquiesce... « Oui, je comprends... C'est très intéressant... Vous devez avoir raison. Ce sont des choses qu'on fait parfois sans bien s'en rendre compte... Mais où avez-vous dit que se situe ce pivot central, ce temps mort? C'est une scène dans une gare... les mots sortent malgré lui, il ne peut pas les retenir... je dois avouer... je ne m'en souviens pas... Je ne vois pas de gare. Il n'y en a pas. »

Il regarde la bouche humide, légèrement boursouflée, mollement dessinée, toujours, même au repos, un peu entrouverte, les larges joues blafardes... elles rosissent à peine... Il n'ose pas lever son regard jusqu'aux yeux, il ne veut pas y voir le dépit, la rage retournée contre soi-même du malfaiteur qui s'est laissé prendre... Si bêtement... Quand tout allait si bien... C'est un jeu d'enfant... On n'a pas besoin de faire d'effort, de lire, même de feuilleter — pourquoi perdre son temps? On sait bien qu'on trouve partout ce qu'on y apporte, et que tout est dans tout... on peut montrer n'importe où n'importe quoi... exercer à peu de frais ses muscles, ses poumons... gonfler démesurément ces grenouilles, pas même une grenouille, n'importe quel têtard, et lui donner la taille d'un bœuf. Dans l'œuvre la plus chétive, la plus vide — mais rien n'est plus propice que le vide — il est facile de faire surgir des mondes étranges, toujours plus vastes, que tous contemplent avec ébahissement... Celui-ci tout à l'heure si ébaubi, si comblé... il était tordant... il n'y a jamais d'exception, tous marchent. Il suffit de ne rien craindre, de ne jamais hésiter. De pousser très loin. Très fort. Jamais trop fort, trop loin... Les conduire où ils n'avaient jamais songé à s'aventurer... Ils vous y suivent aussitôt, émerveillés devant tant de richesses insoupçonnées, une telle opulence... Et il a fallu juste cela. Cette bévue stupide. Ce léger faux pas. Cette entorse à la règle. Une règle d'or qu'il ne faut pas oublier un seul instant... elle commande de ne jamais sortir des généralités, de ne jamais faire allusion à un point précis... Par quelle étourderie, quelle imprudence, quel excès d'assurance... Mais on se croyait donc tout permis, enivré qu'on était de son pouvoir, assuré de ne rencontrer aucune résistance... Seulement voilà, il y a eu maldonne, on s'est trompé, quelqu'un cette fois ne se laissera pas faire, osera tenir bon... Son courage, sa dignité retrouvés font monter son regard des lèvres luisantes, un peu molles, jusqu'aux yeux...

Des yeux auxquels les paupières légèrement tombantes sur les côtés donnent un air bon, des yeux limpides d'enfant où il n'est pas possible de trouver le moindre soupçon de rage contenue, de désarroi... des yeux paisibles se posent sur les siens. Leur regard est grave. Sur tout le visage est répandue une expression de gravité. Oui, c'est grave, n'est-ce pas? Vous le savez, nous le savons tous deux, il s'agit de choses de grande importance. Ce sont, vous le sentez comme moi, des choses sacrées. Elles méritent d'être considérées pour elles-mêmes. Avec beaucoup d'attention. On n'a pas le droit de s'en servir à d'autres fins. Pour s'amuser, se venger, abaisser ou rehausser quelqu'un, pour se rehausser, parader, montrer son agilité, sa force, étaler sa science... Ce serait dégradant. Un acte sacrilège, criminel... Les paupières légèrement tombantes se plissent, le regard se détourne, paraît scruter devant soi, puis se fixer sur un point... « Vous devez avoir raison. Vous avez sûrement raison. Ce n'était peut-être pas une gare. Mais il y avait une salle d'attente, cela, c'est certain. Où était-ce, alors? Dans un hôpital? Dans une mairie plutôt, il me semble. Voyez-vous, ce qui est important, c'est l'impression qui m'est restée. Peu importe le souvenir précis. Seule la sensation compte. »

Le sentiment d'apaisement, de plénitude, de réconciliation avec toutes les angoisses, toutes les menaces qu'éprouve celui qui retrouve un objet perdu qu'il s'acharnait à chercher, qu'il désespérait de jamais retrouver, la reconnaissance envers celui qui l'a rapporté, se déversent de lui à flots, circulent dans les modulations de sa voix... « Oui, je vois ce que vous avez voulu dire. C'était la description d'une salle vide. Une salle avec juste des banquettes alignées. Je la voyais dans un ministère. Mais vous avez raison, peu importe. » L'autre incline la tête... « Voyez-vous, ce qui m'a trompé, ce qui explique la confusion, c'est que vous avez décrit dans un de vos textes une gare déserte... elle avait la même tonalité. Cela a fait une surimpression. Ce sont des choses qui arrivent parfois... — Oui, c'est vrai, ça arrive... Mais vous avez donc lu aussi... je n'aurais jamais cru... ce petit texte... confidentiel... il a paru il y a plusieurs années... je n'y pensais plus... dans le dernier numéro de cette jeune revue... Sa joie mousse, pétille, déborde, il rit... Je m'étais dit à ce moment-là que ce texte un peu lourd avait achevé de la couler... — Eh bien, voyez-vous, ce texte m'avait frappé. Je l'ai aimé. Beaucoup. »

Elle a un petit sourire entendu, elle hoche la tête, l'air incrédule, un peu apitoyé... Ah ils sont tous pareils. Elle les connaît. On se rebiffe, on est furieux, on n'aime pas ça, qu'on vous suive à la trace, qu'on dévoile vos tours, qu'on perce ces imposants, ces impénétrables secrets... Mais il n'y a rien à faire avec elle, on ne la trompe pas, elle sait, elle l'a surpris... Ah le coquin, le chapardeur, c'est donc ici, tout près, dans ce qui lui appartient à elle aussi, dans leur stock commun qu'on a en catimini été chiper cela... on a essayé de le camoufler et de l'écouler, ni vu ni connu... mais elle l'a reconnu aussitôt... « Allons, ne niez pas. Avouez. Je les avais remarqués aussi. Ces doigts grassouillets aux bouts pointus qui se redressent. Je sais où vous les avez pris. Je les ai reconnus. Vous les avez si bien décrits. Ce sont les doigts de Mme Jacquet. »

Il proteste, il se débat, mais elle le tient. Il la sent contre lui, il a l'impression qu'un corps insipide, mou, à l'haleine fade, aux relents de savon, de pommades de mauvaise qualité, se colle au sien, il s'arrache à elle, il la repousse brutalement. « Mais puisque je vous dis que vous vous trompez.

Quelle Mme Jacquet? Je n'ai pris ça nulle part. Je l'ai pris n'importe où. Quel besoin j'avais, je vous le demande un peu, d'aller chercher Mme Jacquet. »

Elles sont toujours aux aguets... leurs regards avides, soupçonneux, que chaque détail, si futile, si mesquin, si sordide soit-il, retient, scrutent, fouillent, dénichent partout leur bien, ces provisions quelles ne cessent d'amasser, ces nourritures, ces détritus dont elles se repaissent, sur lesquels elles veillent jalousement... Mais il ne leur a rien pris. Rien. Elle peut garder ça pour elle, il n'en avait aucun besoin. « Je veux bien être pendu si j'ai jamais pensé à votre Mme Jacquet. C'est à peine si je me souviens d'elle. Encore moins de ses mains. »

Mais c'est comme si on s'acharnait à coucher une de ces poupées lestées de plomb qui se relèvent aussitôt. Elle a cette obstination stupide, exaspérante, des choses inertes. Sa tête dodeline. Sur sa face obtuse s'étale une désapprobation mêlée de pitié... « Mais ne vous fâchez donc pas. Quel mal y a-t-il à cela? Personne ne le lui dira, à Mme Jacquet. Et elle, sûrement, ne s'est pas reconnue. Moi j'ai trouvé très bien cette comparaison... ces doigts aux bouts redressés comme la queue d'un scorpion. C'est très juste. C'est joli, c'est amusant. J'ai aimé ça. »

Elles sont attachées solidement. De solides petits piquets fichés en terre et reliés par des fils ténus les maintiennent. Impossible de les soulever... Que d'autres flottent, détachés, légers, un souffle peut les emporter, une faible impulsion, et les voilà lancés vers la lune, voguant dans les espaces intersidéraux, pris de vertige, ahuris, terrifiés... Mais elles — rien à faire. Jamais. Elles sont là étalées et elles le tiennent contre elles, serré. Qu'elles le lâchent, le laissent s'écarter, s'éloigner d'elles juste un peu... Pas pour aller bien loin... Pas sur la lune, il le promet. Il est comme elles, bien d'ici, il est tout disposé à le reconnaître, il respire le même air, il se nourrit des mêmes aliments. Voilà... il est prêt à avouer... C'est vrai qu'il a pris ça ici, dans leur monde familier... quelque chose de très commun, cela aurait pu, c'est vrai, leur appartenir aussi, mais il se trouve que c'est à lui. Cela fait partie de son stock à lui, chacun a le sien, de ses réserves faites, comme les leurs, de petites choses de toutes sortes, de la pire camelote parfois... c'est dans son pécule amassé au cours de toute sa vie qu'il a pris cela... Mais rien chez elles, il ne leur a rien pris. Pas touché à leur Mme Jacquet. S'il leur faut des preuves, il va leur en donner, il va, puisqu'il le faut... mais alors elles vont le relâcher? il va leur livrer son pauvre secret... « Si vous voulez savoir, eh bien voilà. C'est un souvenir d'autrefois, d'il y a longtemps... une amie de ma grand-mère avait des doigts comme ceux-là. Leurs bouts effilés se redressaient... Ils me faisaient penser... J'avais à ce moment-là un livre où il y avait des images de scorpions... C'est resté déposé en moi pendant longtemps, et tout à coup, je ne sais pas comment ça a surgi. Vous voyez, ça n'a vraiment rien à voir avec les doigts de Mme Jacquet... »

Mais tant de faiblesse, une si abjecte soumission ne font que les exciter. Il n'aurait jamais dû les laisser approcher, il fallait se tenir très loin, à l'écart, juché quelque part très haut, comme font certains... ils auraient eu beau essayer de grimper, de sauter jusqu'à lui... ils seraient retombés lamentablement... c'est à peine s'il aurait perçu loin au-dessous de lui leurs jappements... Mais il est descendu parmi eux, il se tient sans défense au milieu d'eux... ils le cernent de plus près, toujours plus hardis, plus insolents... Une meute excitée. La meute des créanciers, âpre, obstinée. Chacun réclame son dû. « Mais vous savez qui j'ai reconnu ? C'est moi. Moi, je me suis retrouvé. Vous avez pris mon nom. » Il lève les bras pour protester... « Votre nom ? — Oui, parfaitement. Robert, c'est moi. — Et moi, hein ? le ruban de velours autour du cou ? — C'est moi collectionnant des timbres-poste. Ne prenez pas cet air surpris. Je les collectionne, vous le savez bien. »

Par cette fente minuscule, par ce chas d'aiguille ils se glissent tout entiers, malléables, extensibles comme ils sont — une pâte molle qui s'étire à volonté et puis se ramasse en une boule compacte. Il assiste à des scènes étranges, celles qui doivent se dérouler dans les asiles d'aliénés quand les fous débridés échappent à la surveillance des gardiens... Le ruban de velours, arraché à un cou frêle supportant une tête fine à peine dessinée, s'enroule autour de plis graisseux au-dessous d'une large face rougeaude... Un dément brandissant un album de timbres-poste d'enfants s'approche de lui, l'air féroce... « Moi je suis cela, le vieux maniaque, le grippe-sous ? Quand je n'ai jamais mis trois sous de côté... » Un autre devant lui se pavane... « Je suis très flatté de voir que vous me trouvez du génie. Mais je n'ai jamais abusé de mon pouvoir. Jamais écrasé personne, jamais traité avec hauteur, comme vous l'avez insinué, les solliciteurs, les flatteurs... »

Il se défend à peine, il se laisse tirer, pousser dans tous les sens, il est pris, enfermé... mais il l'a été toute sa vie, il a vécu toute sa vie, il s'en aperçoit tout à coup, enfermé ici parmi ces fous... la stupeur, la peur, la pitié l'empêchent de se défendre, il les repousse mollement, il craint de leur faire mal... « Mais non, mais non. Quelle idée. Ce n'est pas vous, je vous assure... Ce n'est pas du tout à vous que j'ai pensé. Non, croyez-moi, vous vous trompez. »

Maintenant, retroussant leurs manches, hardiment elles fouillent... plus loin, encore plus loin... là, dans ce tréfonds où quelque chose d'informe, de fragile palpite, où quelque chose de vivant tressaille et se rétracte... elles plongent jusque-là leur bras et elles détachent, elles tirent et ramènent au jour ce paquet de chairs sanguinolentes... elles le montrent... « Toute votre enfance. Je l'ai vue... camouflée, c'est entendu, mais elle y est, c'est autour d'elle, ne le niez pas... c'est ce regard toujours dédoublé de l'enfant brimé, un peu sournois comme sont ces enfants-là, tourné à la fois vers les autres et vers soi... »

Certains se penchent, affriandés, d'autres pudiquement détournent la tête... Elles les rassurent... Qu'ils ne craignent rien. Il ne faut jamais se laisser impressionner. C'est agaçant à la fin, ces prétentions, ce besoin qu'ils ont tous de nous faire croire qu'ils trônent au ciel, sur les nuages, et nous regardent de là-haut, pénètrent nos mystères dérisoires, nous observent nous débattant misérable-

ment, faibles, aveugles, apeurés... Mais voilà, il a
été attrapé. J'ai réussi à le saisir par une touffe de sa
longue barbe blanche et à le tirer ici, à le faire descendre ici parmi nous. Regardez-le. Il est, cela est
bien vrai, fait à notre image. Tout pareil à nous.
Rien, je vous assure, de miraculeux. Rien qu'une
réaction de défense contre de vieux traumatismes,
rien que le rachat de très anciennes souffrances,
d'échecs anciens ou plus récents... un besoin
inconscient de vengeance... il y a dans son livre des
choses qui ne s'inventent pas. Du vécu. Je l'ai
reconnu. « Vous avez mis beaucoup de vous-même
dans ce livre, ça se sent, ne le niez pas... »

Une fureur le prend, il ricane... « Bon, bon,
puisque vous y tenez, on va le dire... C'est moi,
bien sûr, qui voulez-vous que ce soit? Comment
aurais-je pu inventer? imaginer? Il faut bien que
ce soit moi. Moi ici. Vous là. Et là-bas encore je
ne sais plus qui. Comme ça vous serez contents.
Mais si c'est pour faire ces intéressantes décou-
vertes, je me demande pourquoi tous ces efforts,
cette perte de temps? Vous pouvez trouver tout ça
ailleurs, n'importe où, n'importe quel navet peut
vous offrir ça à foison, à meilleur compte.

— Mais ne vous fâchez pas... Nous sommes très
bêtes, c'est entendu, mais nous savons tout de
même... ce serait malheureux... Nous savons bien
que là n'est pas l'essentiel... L'essentiel dans
une œuvre d'art... Il se sent rougir... l'essentiel
comme chacun sait... ce qui seul permet de dis-
tinguer...

— Ah mais ça... Elle rit doucement. Il y a dans
ce rire quelque chose d'à peine perceptible, juste
une nuance... une à peine perceptible intonation
par où il lui semble que la dérision prudemment

s'insinue... Ah mais ça, n'est-ce pas?... elle hoche la tête l'air solennel, l'air sentencieux... ça, mes amis, c'est l'inexprimable... c'est la part du génie... » elle lève les bras, elle les écarte comme pour faire voir l'immensité de ce qu'elle voudrait embrasser. Elle les laisse retomber pour montrer son impuissance.

« Ah mais ça, c'est la part du génie, mes amis... » et aussitôt comme un enfant pris en faute, il a envie d'aller vers elle, tout contrit, de se tenir devant elle tête basse, se dandinant d'un pied sur l'autre, froissant entre ses doigts le coin de son tablier, et de la supplier... oh non, qu'elle ne croie pas... il n'a pas mérité cela... il sait qu'il a pu paraître outre-cuidant quand il a laissé échapper, quand il a osé prononcer avec cet air ridicule de supériorité ce mot de « navet »... il s'est laissé emporter, il s'est oublié, il le reconnaît... mais il est modeste, il est même humble, il est tout à fait comme elle exige qu'on soit, comme elle est elle-même... détaché, parfaitement désintéressé... il n'y a rien à quoi il ne renoncerait aussitôt pour qu'elle continue à lui garder un peu d'estime... Il ne pourra pas supporter d'être rejeté parmi ceux qui ont démérité, d'être classé par elle parmi ceux qu'elle méprise, les prétentieux, les petits ambitieux... il est sage, très sage... elle est contente de lui, n'est-ce pas? il est pur comme elle, innocent, pas outrecuidant, pas vaniteux... Elle va le rassurer de son bon regard confiant, bienveillant, elle va poser sur sa tête sa douce et forte main qui protège... Mais bien sûr, je te connais, ce n'est qu'une maladresse, une étourderie... je comprends, je n'en tiens pas compte, ne t'inquiète pas, allons, c'est pardonné, je t'aime toujours, va, mon chérubin, mon tout petit...

« Ah mes amis, mais ça, c'est la part du génie... » et ce ton, ces coups secs de son rire saccadé... ça l'a parcouru tout entier... ils ont tous dû entendre le crissement qu'a fait sa peau en se détachant comme la fourrure d'un lapin qu'on dépiaute.

Maintenant comme l'archéologue survolant en avion des prairies où à certains endroits la couleur de l'herbe peut lui laisser croire, espérer qu'il y a là des trésors, des tombeaux enfouis, il scrute de toutes ses forces ce qui s'étale devant lui : Ah mais ça, mes amis, c'est le génie... c'est la part du génie, mes amis... et ce petit rire crissant...

Autour de lui on s'agite... Qu'y a-t-il? Le voilà tout drôle, rembruni soudain, un peu figé, son regard est vide... ils le secouent, ils essaient de le ranimer, ils lui donnent des claques sur les joues, ils lui soufflent dans la bouche... « Mais c'est qu'il en a, justement, du génie... Votre livre est excellent, il contient cette part d'essentiel, c'est vrai, je vous le dis très sérieusement... »

Qu'on le laisse, il ne s'agit plus de cela... il doit répéter encore et encore une fois, refaire le chemin qu'ont parcouru en elle les mots, le rire jusqu'au moment où ils ont percé... et ce crissement quand ils ont couru sur lui... Recommencer malgré la douleur, la peur... Il doit courir ce risque, étendre la main, prendre, là, ce réactif, et tranquillement en verser juste quelques gouttes... d'une voix pai-

sible prononcer en inclinant la tête gravement :
« Mais vous avez raison. Je suis bien de votre avis.
L'essentiel, c'est bien vrai, c'est la part du génie... »
et avoir le courage de regarder...

Quelque chose alors en elle va frémir, se dresser...
quelque chose va fuir, se terrer... ou se dérouler
avec lenteur en énormes anneaux visqueux... Mais
il ne peut pas affronter cela, il ne peut pas bouger,
il est comme frappé de paralysie... et puis à quoi
bon? il sait qu'il ne pourra pas réussir l'expérience... il n'y aura probablement pas d'autre réaction perceptible qu'un signe de tête distrait, mar-
quant l'acquiescement.

Seulement plus tard peut-être, quand il aura relé-
gué tout cela il ne saura plus où, quand il n'y pen-
sera plus, quand il se tiendra à ses côtés pour rendre
avec elle hommage très spontanément, avec une
parfaite sincérité, à l'œuvre de l'un de ceux qu'elle
sert avec une abnégation, une ferveur touchantes,
courbant la tête dévotement lorsque soufflent les
ouragans de leur légitime, de leur superbe orgueil...
au moment où, en toute innocence, il se joindra
à elle, s'oubliant lui-même, l'oubliant, où il se fon-
dra avec elle dans le même respect, la même admiration, cela se produira tout à coup, ce mouvement
en elle... comme un à peine perceptible glissement...
« Ah oui, bien sûr... » un à peine perceptible sifflement... « Nous en tout cas... » et avant qu'il puisse
s'écarter, cette brusque détente... « nous en tout cas,
nous aurons au moins eu ça... » en une seconde les
énormes anneaux se sont enroulés, ils l'enserrent...
« nous, nous aurons eu ça, au moins, d'avoir vécu
en même temps que lui... » et le craquement de ses
os broyés.

« Combien t'a-t-on pris pour publier ça? » Il a envie d'applaudir, c'est vraiment superbe. S'il a du génie, il a de qui tenir. Que tous les pères célèbres s'inclinent, que les pères Brontë, Kafka et autres prennent ici une leçon. Que les généraux Aupick se mettent au garde-à-vous... Combien t'a-t-on pris?... Lequel d'entre eux a-t-il jamais montré de pareils dons? Un tel coup d'œil? Tant de flair? Une si surprenante sûreté de main? Lequel a-t-il jamais su mieux que celui-ci déjouer tous les subterfuges, dévoiler aussitôt ce que cachent tous les déguise-ments?

Celui du garçonnet en culotte courte, du cancre invétéré qui a désespéré tous les pédagogues et psychologues d'enfants et qui un beau jour accourt, brandissant son livret scolaire ouvert à la page où s'alignent les bonnes notes, bouscule affectueuse-ment la vieille servante qui lui barre le chemin, un doigt sur les lèvres... « Où vas-tu? Tu sais bien que ton père travaille... tu perds la tête... » mais il la fait pivoter, il l'embrasse sur ses joues ridées... « Ne crains rien, tu vas voir, je vais lui faire une surprise... il sera fou de joie... » il bondit, il se penche par-dessus l'épaule de son père, il enserre ses épaules de son bras... « Tu sais... J'ai une bonne nouvelle à t'annoncer. J'ai écrit un livre et il a été pris. Il va paraître bientôt. »

La main tenant le stylo continue à glisser sur la feuille de papier à lettres à en-tête gravé... la main s'arrête, se redresse, la plume du stylo levée, le regard entre les paupières rapprochées fixe intensément quelque chose droit devant soi... « Combien t'a-t-on pris pour publier ça ? »

Le fils prodigue est venu s'agenouiller devant son père, demandant son pardon, attendant sa bénédiction, le remerciant pour ce qu'en fin de compte, après tant de tribulations, ont réussi à faire de lui ses conseils, ses remontrances, ses malédictions et aussi, par-dessus tout, son exemple... Tu vois, je n'ai pas perdu mon temps. Et toi non plus, tu n'as pas gaspillé tes efforts, ton argent. J'ai appris à travailler, moi aussi. Je suis digne de toi, tu n'auras plus à rougir de moi... « Figure-toi... j'ai écrit un livre. Et il a plu, il a été pris. »

Pas un frémissement dans le torse épais qui reste penché au-dessus de la table. La main continue à se déplacer sans hâte sur le papier, puis s'immobilise, la pointe du stylo dressée... Des yeux entre les paupières qui se rapprochent comme pour donner au regard plus d'acuité se dégage une satisfaction féroce.

Alors voilà donc à quoi cela a abouti, toute cette intransigeance, une telle superbe... à « jouer le jeu », notre jeu si méprisé. On était si fier d'être « en marge », on prenait tant de plaisir à se gausser de nous, pauvres bêtes dociles, pitoyables pleutres... et on vient à présent nous montrer qu'on est en règle avec les autorités, un citoyen à part entière comme chacun de nous, muni de ses papiers d'identité, de sa carte de travail, tout fier de répondre aux exigences de l'offre et de la demande, rémunéré, acceptant des commandes...

Que les faibles femmes crédules pleurent de joie en s'étreignant derrière la porte. Ici, entre hommes, on « connaît la musique », on sait de quoi il retourne. Les yeux entre les paupières plissées ont l'air de scruter quelque chose avec une attention intense, ils cherchent la supercherie, ils examinent les timbres, les mentions apposées par les tampons... Ce ne peut être qu'un faux évidemment. C'en est un, fabriqué par qui? Obtenu comment? « Combien t'a-t-on pris? »

L'insoumis, le déserteur a donc été contraint enfin de sortir de son repaire, de sa place forte d'où il les narguait, ne faisant rien d'autre toute la journée que les épier haineusement, ne répondant que par des éclats de rire déments à leurs objurgations, à leurs sommations, décidé à résister jusqu'à l'épuisement de ses forces, prêt à se suicider plutôt que se laisser prendre. Et le voilà qui sort les mains en l'air, il n'a pas pu y tenir, il demande grâce, il veut combattre avec nous, dans nos rangs... Il vient à nous, certain qu'il sera traité avec égards, s'imaginant peut-être qu'il sera félicité, qu'on va s'attendrir, le serrer dans nos bras, qu'il peut ainsi en un tour de main effacer le passé, toutes nos humiliations, nos souffrances. Son air exaspérant de satisfaction, presque de triomphe, donne irrésistiblement envie de lui rappeler d'où il revient, de lui envoyer un bon coup de pied, un bon coup de crosse dans les reins qui le fera vaciller, se tordre plié en deux... « Combien t'a-t-on pris ? »

Il n'a pas besoin de bouger de sa place, il sait, il voit tout. Ses services de renseignements sont les mieux organisés du monde, ses informateurs toujours aux aguets, ses postes d'écoute placés partout. Il connaît depuis longtemps les plans de l'ennemi, ses projets à longue échéance, ses ruses. Il sait prévoir quels détours prendra pour s'introduire ici, bien camouflé, tous feux éteints, son énorme besoin de conquêtes, de domination. Il le guette depuis longtemps, il sait qu'un jour ou l'autre il ne manquera pas de venir de lui-même, il suffit d'attendre... Et en effet le voici qui déjà tout tremblant d'impatience fièrement s'avance... « J'ai écrit un livre et il a été pris. Il va paraître bientôt... » il est sûr de passer, profitant de notre surprise, contournant nos défenses, et de s'établir ici, chez nous, en conquérant, de renverser l'ordre établi, d'abroger nos lois, de tout mettre sens dessus dessous, nous forcer à abjurer lâchement nos croyances, nous obliger à constater que la paresse, l'ennui, la dépression, la mélancolie, l'égocentrisme et le délire de persécution, les ruminations stériles, les obsessions, idées fixes et manies, le vertige de l'échec, la mégalomanie, le goût du suicide lent, le mépris des réalités peuvent se changer en or pur, devenir l'apanage, faire la force des conquérants...

Mais la route est barrée, en une seconde l'ennemi est encerclé. De tous côtés des fusils sont braqués sur lui : « Combien t'a-t-on pris ? »

Il s'arrête interdit, il paraît un instant vacil-

ler, que va-t-il faire? On dirait qu'il hésite...
Peut-être va-t-il dans un dernier sursaut de fierté
redevenir ce qu'il a toujours été, l'insoumis, l'incompris, refuser de se rendre, d'abjurer, il va sans
broncher rétorquer : « C'est vrai. J'ai dû, comme
d'autres avant moi, contribuer aux frais. Qu'est-ce
que ça prouve? » et tomber héroïquement en nous
narguant une dernière fois, en nous montrant qu'il
est resté fidèle à ceux qui se placent au-dessus de
nos lois, qui méprisent nos jugements... Mais ses
joues rosissent, il baisse les yeux, il proteste : « Mais
rien. Je n'ai rien payé du tout. Au contraire, j'ai reçu
une avance. Mon livre a plu et il a été pris... jetant
ses armes, levant les bras. Pris. Pris pour de bon.
J'ai signé un contrat. » Voyez. Il se rend, il accepte
de se plier à tous nos règlements, allons, qu'on le
prenne donc, qu'on l'emmène, un parmi d'autres,
il y en a tant, qu'on lui mette un numéro, il a été
pris... Les yeux entre les paupières plissées ne se
tournent même pas vers lui. Les mots claquants,
sifflants, le lacèrent : « Alors, c'est magnifique.
Mes félicitations. »

Maintenant, comme il se doit, sa capture est l'occasion de festivités, triomphes, distractions et jeux
de toutes sortes.
Il est traîné entre les rangs des curieux. Regardez-le, n'est-il pas superbe? « Vous savez qui il
est? » Il est comme une bête hagarde, affolée, qui
tire sur sa longe, s'arc-boute, pousse de faibles
mugissements... Oh, non, pas ça... non, pourquoi...
Mais il est tiré brutalement... « Vous savez qui nous
avons parmi nous? Vous ne vous en doutiez pas.

117

Un futur Flaubert. Un Balzac... Vous savez qu'il a écrit un livre, il va être publié... Oh, prenez garde. Nous y serons tous décrits... Vous et moi... moi surtout... mimant comiquement la terreur, tête rentrée dans les épaules, regard traqué... pauvre de moi, qu'est-ce que je vais apprendre... dans l'assistance courent des petits rires... qu'est-ce que je vais prendre... levant les bras... j'ai si peur, ça me fait trembler... »

« Chez nous, vous savez, dans ma famille, de mon côté, on a toujours été des travailleurs. Du côté paternel une lignée de paysans. Je me rappelle, mon grand-père disait : La terre est basse, il faut se courber pour la toucher... et du côté de ma mère des paysans aussi et des artisans... des fabricants... Notre seule ambition : le travail bien fait. Et moi-même, voyez, après tant d'efforts, tous ces concours, les meilleures années passées à bûcher, je me sens récompensé en pensant aux services que je peux rendre dans la mesure de mes moyens à la place obscure que j'occupe... Oui, chez nous, on a toujours été des modestes... des gens sans prétention... on se contentait de trimer... on n'a jamais couru après la " gloire ", recherché la " gloriole "... »

Il observe avec eux tous cette délicate opération, toute pareille à celle du photographe qui tire du négatif inscrit sur la pellicule sombre une image claire au dessin parfaitement net — un positif sur lequel il apparaît portant les signes indélébiles, les stigmates honteux dont il a été marqué, sur lequel chacun aussitôt le reconnaît : un fainéant, un tire-au-flanc, un petit ambitieux, vaniteux, frivole, courant après la « gloire », épris sottement de « gloriole »... Sur les visages de ceux qui regardent se voit l'admiration pour ce travail si habilement fait, un air de ruse, de complicité amusée, de jouissance sournoise, et comme une gêne, un malaise léger...

Il doit à présent à tout moment voir entrer et défiler ses compagnons, misérable cohorte revêtue du même uniforme, tandis que sifflent les fouets, que jappent les chiens, que les brutes se les montrent du doigt, rient à pleine gorge... Ah ils sont beaux, ces « créateurs », ces « artistes », ces « poètes »... les guillemets rigides et lourds sonnent comme les fers des condamnés... Vous savez que ces « génies » n'ont même plus besoin de savoir rimer... n'importe qui pourrait du jour au lendemain, vous, moi, si on voulait s'amuser à mettre bout à bout des mots sans suite... n'importe lesquels, pris au hasard... plus c'est absurde, abscons, plus c'est apprécié... Et la grammaire? Fi donc! le mérite précisément consiste à n'en tenir aucun compte... c'est une gêne inutile... mieux vaut l'ignorer... Et tout cela porte le titre prétentieux de « recherche »... on fait progresser « l'Art »... Non, il y a vraiment des coups de pied... La troupe silencieuse de fantômes défile... Il a envie de se jeter en avant, de protester, de hurler... il voudrait protéger de son corps n'importe lequel d'entre eux, eux ses camarades, ses frères d'armes... Comment a-t-il pu, là-bas où il était seul avec eux, en avoir honte parfois, chercher à se désolidariser, à s'écarter d'eux... il est maintenant pour toujours avec eux, de leur côté... les sévices, les humiliations infligés par leur ennemi commun les ont liés indissolublement, soudés pour toujours... Mais il se tient immobile, il se tait... une peur insurmontable le tient cloué, plus même que la peur, un insurmontable dégoût devant ce qui se produirait, ce corps à corps atroce, ignoble...

« Ah il a du talent au moins, celui-là... » et il se sent tout à coup saisi férocement, la main épaisse s'abat sur lui, appuie, le force à se courber, à s'agenouiller, là, devant n'importe qui, devant cette brute obtuse, ce rebut que chez eux là-bas méprisent les plus démunis, les plus chétifs, devant ce misérable escroc promu ici au rang de chef, décoré, chamarré, amené pour le ravaler, pour le dresser, pour lui apprendre comment on marche droit.

« Ah il a du talent au moins, celui-là... » sur le ton sans réplique du commandement. Et il doit aussitôt se figer dans l'attitude du plus complet respect. Impossible de broncher. Le plus faible signe, une ébauche de sourire, un vacillement dans le regard, qui pourraient permettre de déceler chez lui la plus timide velléité d'insoumission, le plus léger soupçon de dérision, et il serait aussitôt ligoté, traîné ignominieusement, mis à nu, exposé : un misérable jaloux, un raté envieux.

« Moi tu sais bien, mon chéri, je n'ai aucun doute... Mais tu sais comment sont les gens. Ils exigent des preuves, des garanties, il leur faut des cautions... » Elle a l'attitude humble, l'air éploré de la mère venue rendre visite à son fils dans la prison où il attend d'être jugé... elle lui parle tout bas, elle chuchote presque, comme si elle avait peur d'être entendue des gardiens... « C'est pris chez Frémiot, n'est-ce pas ? Ça c'est vraiment un très bon signe... Mais dis-moi... Ses yeux aux reflets liquides où semblent toujours trembloter et miroiter des larmes parcourent anxieusement son visage, cherchent, palpent... Dis-moi, est-ce que Frémiot lui-même l'a lu ? »

Il s'efforce de contenir ce qui monte en lui, ce qui va percer dans son regard, se glisser dans les inflexions de sa voix, il faut écraser cela... maintenant, vu d'ici, ce n'est plus rien d'autre, absolument rien qu'une honte ridicule d'écolier, qu'une révolte, une rage d'enfant gâté, capricieux... il faut se soumettre à l'ordre, accepter de voir enfin les choses comme elles sont... voir ce visage levé vers lui, sillonné par toutes les rides que tracent sur les visages des mères aimantes les sacrifices, soucis, veilles, soins, sollicitude et surveillance incessantes, appréhensions, doutes, espoirs insensés et déceptions... il passe ses doigts sur les cheveux encore blonds, si doux, douces plumes d'oiselet... seule la peau de ses joues, de son front a cette douceur, ce n'est pas comme de la vraie peau, c'est plus soyeux, plus doux que tout ce qui existe au monde... ses lèvres d'enfant l'effleurent, ses narines d'enfant aspirent son parfum, il a la fraîcheur des mousses humides, de la neige, de son manteau de fourrure poudré de flocons... il se penche vers elle... « Mais non maman, voyons, comment veux-tu? S'il fallait que Frémiot lui-même... tu te rends compte... il se penche encore plus bas... Mais tu sais, Burel... le sang afflue à son visage tant il se courbe... Burel l'a lu... — Ah Burel... qu'est-ce qu'il t'a dit? — Eh bien, il m'a dit qu'il aime beaucoup... » Elle entrouvre les lèvres, ses yeux s'agrandissent, sur tout son visage s'étale cette expression, qu'il connaît bien, de ravissement, cette béatitude d'extatique qui voit se dessiner au loin l'apparition, se tend pour percevoir sa voix... « Burel... c'est vrai!... mais comme c'est bien... elle renverse la tête, toute frémissante, ses doigts avides le serrent, elle se cramponne à lui, elle lui enfonce dans la chair les longues pointes de ses ongles peints... Oh, qu'est-ce qu'il t'a dit encore? Dis-moi... — Il m'a dit que c'est ce qu'il a lu de mieux depuis six mois. » Sous le coup brutal qu'il vient de lui décocher pour la repousser, elle le lâche, elle tombe, elle s'affaisse, toute flasque, elle geint doucement... « Six mois... il t'a dit ça... Mais qu'est-ce que c'est, six mois... tu sais comme moi que dans ces choses-là c'est tout ou rien. Il ne peut pas y avoir de demi-mesures... » Elle est affalée devant

lui, une masse tremblotante offerte à ses coups...
Il ne cherche plus à contenir ce qui monte en lui,
jaillit, se répand dans son ricanement... « Mais tu
sais, de toute façon, ne te fais pas d'illusions... ce
que dit Burel... qu'il dise six mois ou six ans...
il doit dire des choses comme ça à tous les débutants... six mois quand il veut rabattre un peu leur
caquet, six ans quand il trouve plus drôle de leur
tourner la tête... Il s'amuse... c'est tout à fait son
genre... Elle n'a pas l'air d'entendre, ses yeux vides
fixent quelque chose au loin, elle hoche la tête, ses
lèvres remuent comme si elle se parlait à elle-
même, ressassant, recomptant toutes les injustices,
tous les griefs, son visage se plisse, c'est le visage
pitoyable d'un enfant à qui on a fait un gros chagrin et qui s'apprête à fondre en larmes... Oh écoute
maman, ne prends pas cet air désolé. Je vais te
raconter quelque chose qui va te consoler, ça va te
faire rire... Figure-toi que c'est exactement ce que
l'éditeur de Kafka... Son éditeur lui a écrit, figure-
toi : Monsieur Kafka, votre livre est ce que j'ai lu
de mieux depuis six mois... Ha, ha, elle est drôle,
celle-là, tu ne trouves pas ? elle est excellente... Tu
vois, c'est plutôt rassurant. » Elle sourit, tout à
fait ce qu'on appelle sourire à travers les larmes...
elle se redresse, elle lui prend la tête entre les douces
paumes de ses mains, elle presse sur ses joues pour
les rapprocher, comme elle faisait autrefois, elle le
regarde au fond des yeux, les mères savent pardonner, les mères oublient aussitôt toutes les
offenses, toutes les souffrances... « Mais mon
enfant, moi je n'ai pas besoin de ça, tu le sais
bien. Je te l'ai dit, je n'ai jamais douté, depuis le
premier moment, quand on t'a apporté, quand je
t'ai pris dans mes bras... j'ai vu ton grand front,

ton air déjà si concentré... Veux-tu que je te dise? Je l'ai pressenti. Depuis toujours j'ai *su*. » Su. Comme elle a dit ça, en appuyant. Su, sans plus. Su... l'indicible... Ce qu'on ne peut nommer, ce qu'on n'approche qu'à genoux, devant quoi face contre terre on se prosterne... Dévotes confites devant les plates et enfantines images de piété... Vierges que l'ange annonciateur a visitées, portant dans leur sein l'enfant prédestiné... Mères des Dalaï-lama... il présentait dès sa naissance tous les signes... Déjà quand tu étais tout petit, pas plus haut que ça, quand nous nous promenions à la campagne, tu te souviens quand tu m'apportais les feuilles d'automne, tu me montrais toutes les couleurs, tu cueillais des fleurs... tu disais : Regarde maman cette houppette qu'elles ont sur la tête... on dirait la chevelure d'or des fées... quand tu passais la main si tendrement sur les écorces des bouleaux, sur les bourgeons... quand elle le promenait, le guidait, jeune prince héritier à qui elle faisait déjà prospecter ce qui serait plus tard son royaume, à qui avec une obstination sournoise elle apprenait en toute occasion son métier de souverain... Il s'arrache brutalement, il s'échappe, il s'enfuit, il pousse des cris sauvages... l'œil stupide, ventre et lèvres en avant, il traîne les pieds, soufflant comme une locomotive, sifflant... il casse les branches couvertes de jeunes pousses, de fleurs de cerisiers, détruit les nids, piétine sauvagement les prairies... une petite brute, un vrai vandale... mais elle ne le perd jamais de vue, elle le suit, elle découvre partout ses cachettes... Même quand tu avais tes mauvais moments, quand tu devenais tout à coup méchant... je n'ai jamais douté. Je savais. Tu aimais tout ça si fort qu'il ne fallait pas de témoins, pas même ta mère, quand tu communiais... Mais alors, quand tu te croyais seul, je te voyais, restant parfois des heures, faisant jouer entre elles les couleurs des feuilles, des mousses, contemplant, absorbé, perdu dans tes rêveries, tes lèvres remuaient, tu prononçais des mots... mais si je m'approchais... c'était si sacré pour toi... c'était très étonnant chez un petit enfant déjà cette pudeur... je comprenais ça si bien... Il n'y a pas sur toute la terre un recoin... pas dans toutes les collections qui existent un déguisement sous lequel il aurait pu lui échapper, elle aussi les possède tous, un assortiment complet... ils pendent dans ses vastes armoires de Barbe-Bleue... Tu te mettais exprès à faire l'idiot. A faire le paresseux. A faire le raté. A faire le névrosé. A tout détruire... Se détruire... Aller aussi loin qu'il le voudra... Elle a partout des répondants sérieux... elle n'a rien à craindre... Flâneur. Douteur. Désespéré. Gaspillant son temps dans des frivolités, dans des mondanités. Mesquin. Maniaque. Préoccupé de vétilles. Comme Proust quand pendant si longtemps, sans même le savoir il butinait... Asthénique. Un peu fou. Infantile. Mais Nerval... Mais Baudelaire... Les voies des créateurs sont obscures. Certains comme à plaisir se rendent le chemin plus ardu, accumulent devant eux les obstacles, écrasent de toutes leurs forces en eux-mêmes le monstre, doutent du prodige, demandent grâce... et voilà qu'un beau jour ils s'enferment dans leur chambre, ne quittent plus leur lit, restent pendant des nuits entières... on n'entend quand on colle l'oreille à la serrure que le bruissement du papier, que de faibles marmonnements... elle s'éloigne sur la pointe des pieds... mon fils travaille. Silence. Il ne faut pas le déranger... Derrière la porte ses glissements, ses chuchotements... tout l'énorme poids de ses nostalgies enfin lâchées pèsent sur sa main qui s'abaisse pour tracer... qui se redresse, qui se tient en l'air, craintive, hésitante, au-dessus de la page blanche... que sa blancheur défend... elle connaît cela aussi, elle comprend cela si bien... il n'existe pas de cachette assez secrète, pas de lieu désolé où ne pousse jamais aucun arbre, aucune feuille, fleur, aucun bourgeon, aucun chaton, pas de fosse nauséabonde où il puisse s'enfoncer, pas de vapeur dont il puisse s'envelopper, pas de grouillements hideux qui pourraient l'empêcher de le suivre à la trace, la forcer à s'écarter... Y a-t-il quelque chose venant de son enfant qui lui fasse éprouver de la répugnance? Elle va asperger tout cela avec ses produits désinfectants, répandre sur tout cela ses parfums élégants, tout bien empaqueter, enrubanner — une pièce rare qu'elle pourra exhiber... Elle lève les bras, elle pose les mains sur ses épaules... « Vilain cachotier... Tu ne m'as même pas dit que ton livre est déjà sorti. Janine l'a vu dans une librairie . Et tu ne me l'as pas encore donné... » Elle observe cette crispation des joues, ces lèvres qui se resserrent, cet air qu'il a, hautain tout à coup, distant, presque méprisant... il déteste tellement qu'on touche à cela, il est si ombrageux, si orgueilleux... « Mais bien sûr, maman... il a son ton excédé... justement j'allais te le donner... »

Elle caresse la couverture avec précaution, avec piété... de sa nuque, de son dos penchés émane la ferveur. Elle va l'emporter. L'ouvrir... Seule. Enfermée avec cela... Quelque chose va jaillir de cela, bondir sur elle, l'agripper, la tenir, la forcer à se redresser... elle va se débattre, se raidir, s'écarter... ou bien s'abandonner, se laisser entraîner au fond d'elle-même, loin de lui, l'oubliant... libérée... Ils seront séparés, délivrés l'un de l'autre, purs, indépendants... deux égaux, deux pareils... « Lis-le sans idée préconçue, sans penser à moi... comme si c'était écrit par un étranger. Ne crains pas surtout de ne pas l'aimer. Ta réaction spontanée, pour moi, vois-tu, c'est la seule chose qui compte... » Elle relève la tête... « Oui, mon chéri, je te promets... la tendresse tremble dans les miroitements liquides de ses yeux... Mais dis-moi... son regard le caresse, palpe, cherche... dis-moi juste ça... A moi tu peux l'avouer : Toi aussi, n'est-ce pas, *tu sais?* »

C'est surprenant, c'est agréable... comment ne pas
se sentir un peu ému, flatté par cet intérêt... une
curiosité presque avide avec laquelle ils observent
tout autour d'eux, le plus discrètement possible...
leurs regards glissent, se posent... Ils se lèvent, ils
s'approchent, ils soulèvent, tiennent dans leurs
mains avec précaution, avec respect... « Oh ça,
qu'est-ce que c'est? Comme c'est curieux... » Qu'ils
regardent, qu'ils ne se gênent pas, que pourrait-il
leur cacher?... qu'ils prennent, il a envie de tout
leur donner, tout est à eux qui ont accueilli, recueilli
ce qu'il pouvait leur livrer de plus secret, ce qu'il
pouvait leur offrir de plus précieux... eux maintenant ses vrais amis, ses seuls proches, qui sentent,
qui comprennent tout comme lui... « Oh ça, ce n'est
rien... C'est un encrier que les scribes des armées
portaient à leur ceinture. On dirait, n'est-ce pas?
un poignard dans sa gaine ciselée. La plume d'oie
se mettait ici... J'ai trouvé ça à Brousse, chez un
vieux brocanteur... — Vous aimez voyager?... Il a
un mouvement de surprise, un recul léger...
qu'est-ce que c'est?... c'est comme une brusque
bouffée d'air vicié, une odeur désagréable venue il
ne sait d'où... une sensation de gêne, un malaise le

traversent, passent dans son silence, dans sa voix...
qui un instant hésite... « Oui... j'aime bien... Comme
tant de gens, je crois... » — Mais vous... il me semble
qu'il y en a des traces partout dans votre livre... »
Ils reposent doucement l'encrier, ils tournent dans
la chambre, tandis qu'il verse l'eau bouillante dans
la vieille théière de terre cuite... « Vous voyez, il
faut une théière bien culottée pour faire du bon
thé... — Vous buvez beaucoup de thé? — Oui,
beaucoup. — Mais combien? — Oh ça dépend des
jours... Mais vous savez, si vous préférez autre
chose, ne vous croyez pas obligés... Vraiment, vous
ne voulez pas plutôt?... J'ai du jus de fruit, du
whisky... Un pastis, si vous voulez... Du porto?...
Ils hochent la tête — Non. Du thé. Un thé préparé
par vous, c'est parfait. »

Leur tournant le dos, il verse l'eau bouillante,
pose la théière sur le couvercle renversé de la bouilloire, se retourne vers eux... « Là... maintenant il
faut le laisser infuser... Ah ça, c'est une photo de
ma femme et de mon fils. Au bord de la mer, en
Bretagne. Ils y sont en ce moment. Ma femme
aurait été si heureuse... Elle regrettera tant... »
On dirait que quelque chose... c'est très vague... à
peine perceptible... peut-être comme un air d'ennui
léger ou de hauteur, même de dédain... a glissé
sur leur visage, dans leur regard un peu trop vite
détourné, dans le ton un peu trop poli, presque
mondain sur lequel ils ont dit : « Je vous félicite,
ils sont charmants... Oh, et ça, qu'est-ce que
c'est? Vous collectionnez des pierres? — Non, c'est
mon petit garçon qui me les a données. Il en rapporte chaque année... » Ils tournent leurs cuillers
dans leurs tasses, ils se regardent, ils hochent la tête,
ils dégustent lentement... « Mais en effet, quel

thé... Il est exquis. Je n'en ai jamais bu d'aussi bon. Décidément vous possédez des secrets... des recettes... Mais celle-ci, vous pouvez nous la donner. Elle est de celles, n'est-ce pas? qui peuvent servir... »

Qu'est-ce que c'est? D'où ont-ils ramené ça? De chez lui? C'est sur lui que ç'a été prélevé?... « Moi, j'ai fait ça? Ils ont vu ça chez moi? — Mais bien sûr, c'est chez vous. Ils nous l'ont raconté... et ils ne sont pas du genre qui invente... Ils étaient ravis, d'ailleurs, ils ont passé des moments charmants. C'était exquis, ce thé préparé par vous, paraît-il un mélange savant de qualités rares... infusé dans une théière d'une forme étrange posée sur une sorte de récipient... — Mais c'est une simple bouilloire... j'avais renversé le couvercle pour que la vapeur... — Non, ils ont dit que c'était un samovar... — Un samovar? Chez moi? Ils l'ont vu? — Oui. Et il paraît que vous avez eu l'air inquiet, vous avez même tapé du pied d'impatience... — Moi? j'ai tapé du pied? — Oui, quand ils ont paru hésiter, ils allaient accepter plutôt du jus de fruit ou du whisky, pour ne pas vous déranger... mais ils ont senti qu'il y avait un rite auquel ils devaient se soumettre... Vous l'avez préparé devant eux... — J'ai tout simplement fait chauffer l'eau dans mon bureau, je le fais toujours... c'est plus commode... quand je travaille, je n'ai pas besoin d'aller à la cuisine, je l'ai sous la main... Mais je ne tenais pas du tout à ce qu'ils prennent du thé... Moi-même je bois volontiers... — Il paraît qu'en le préparant vous aviez un visage grave, des gestes lents, comme solennels... tout le monde gardait le silence... Vous aviez l'air d'officier... »

Dès qu'il se détourne un instant, leurs regards furètent, cherchent, n'y a-t-il rien ici vraiment... ça, peut-être... « Qu'est-ce que c'est?... » Il se retourne, il s'empresse, il prend dans ses mains, il leur tend... « Ça, c'est turc... un encrier que les scribes dans l'armée... Je l'ai rapporté de Brousse... Ils le reposent doucement... — Et ça? — Un coquillage... je l'ai trouvé sur une plage au Chili... — Ah... vous aimez voyager?... Ils ont l'air de s'animer un peu... — Oui, comme tant de gens en ce moment... » Et aussitôt leur animation tombe, il y a sur leur visage un air d'ennui vague, comme une déception...

Décidément on a beau chercher, il n'y a rien ici. Rien à découvrir. Rien que de très banal, qu'on trouve partout. Modèle standard. Monsieur-tout-le-monde s'entoure de choses de ce genre. Ils posent un instant les yeux sur une photo placée sur son bureau... sa femme, comme il se doit, et son enfant, qu'il montre fièrement... C'est à se demander devant tant de conformisme, une telle banalité jusque dans le comportement, dans la coupe des cheveux, les vêtements, s'ils n'ont pas commis une erreur, s'ils seront vraiment les premiers à avoir pénétré là où pour être admis plus tard on fera la queue... Ou bien s'ils sont les premiers à se laisser tromper, des nigauds en train de se galvauder...

Lui, en tout cas, ne semblait pas s'attendre à tant d'honneur, il a l'air surpris, ravi... il y a encore si peu de gens qui sont au courant... lui-même, peut-être, ça arrive parfois, ne se rend pas compte... c'était touchant de voir le pauvre bougre se démenant, se dépensant... montrant avec empressement tout ce qu'il possède... tout fier quand ils ont regardé la photographie de sa famille... un espoir humble luisait dans son bon regard de gros chien quand il a dit : Ma femme va tant regretter... Elle serait si contente...

Il paraît si innocent, si stupide, il semble ignorer totalement les règles du jeu... ne pas même se douter qu'il doit en pareil cas aller au-devant, répondre à la demande... A-t-il oublié, mais connaît-il seulement le rôle si important des gants, des cannes de Balzac, des pantalons de Baudelaire, de tant de pipes, de gilets brodés, de plastrons, de lampes, de monocles... jusqu'aux hameçons, tenez... un ami de Roudineau m'a raconté qu'il l'a vu chez un marchand sur les quais... il en avait acheté plus de cent, de toutes les sortes... il paraissait très excité... il les a étalés fièrement... Mais celui-ci a l'air de prendre plaisir à nous couper l'herbe sous le pied, à nous retirer le pain de la bouche... on dirait qu'il veut que nous ne puissions rien trouver, rien rapporter... dès que nous regardons quelque chose... Oh ça, ce n'est rien... Jusqu'aux voyages sur lesquels... faute de grives on mange des merles... nous allions nous rabattre tristement... il a protesté aussitôt... et, il faut le dire, non sans raison... « Mais qui, aujourd'hui, n'aime pas voyager?... »

Se figurerait-il, le malheureux, qu'il a déjà atteint ce stade où il peut se permettre tant de banalité, un tel effacement? Il faudrait, comme disait ma nounou, qu'il mange encore beaucoup de soupe, il faudrait qu'il devienne fort et grand pour qu'il soit possible d'exhiber sur le marché et d'écouler aux plus hauts prix cette simplicité naïve, ce conformisme qui aux yeux des amateurs avertis formeraient avec son œuvre un contraste piquant...

Ils ont ces regards blasés, nonchalants, cette amabilité excessive, cet air d'appréciation outrée d'hommes du monde en visite chez de petites gens... quand ils prennent le coquillage, le tournent, le reposent, se penchent vers la photo de famille... une ironie à peine perceptible glisse dans leur ton... Je vous félicite. Ils sont charmants...

Ils ont cet air impassible, négligent des amateurs de trouvailles, quand ils demandent au brocanteur ignorant : Et ça ? Qu'est-ce que c'est que ce machin-là ? Faites voir, ça a l'air amusant... Ils se passent les uns aux autres l'encrier de cuivre ciselé... Regardez... c'est très curieux... tandis qu'entre eux un langage silencieux circule... Je vous le laisse. Je ne suis pas preneur. Ces objets rapportés de partout... Rien de plus répandu... Il y a encore quelques années, ça pouvait, bien présenté, acquérir une certaine valeur. Mais en ce moment... N'importe qui... C'est si à la mode, ces objets exotiques... Tout le monde en a...

Leurs regards experts de commissaires-priseurs, leurs regards d'huissiers venus opérer une saisie, inspectent, examinent, évaluent... il n'est pas possible qu'il n'y ait rien, vraiment ce qui s'appelle rien... il suffit de bien chercher... et voilà que tout à coup... il ne faut jamais désespérer... cela, le plus évident... comment n'y ai-je pas pensé ? qui s'étale,

là, sous les yeux... personne ici n'a encore eu l'air
de le remarquer... ce thé préparé dans sa chambre...
cette théière, cette bouilloire... ces gestes... c'est
une question d'arrangement, de présentation...
moi j'en réponds, ils sont à moi, je les prends... il
sera possible de les écouler, il se trouvera des amateurs... il suffit de les transformer légèrement...
de ralentir les mouvements... de lents gestes solennels comme ceux d'un prêtre quand il lève le
ciboire... oui, c'est cela, c'est parfait... Il fallait
le voir... il avait l'air d'officier quand il versait
dans la théière l'eau d'une sorte de récipient...
d'un samovar... on sentait qu'il ne fallait pas le
déranger... ça se faisait dans un silence religieux...
c'était un rite sacré... Il nous a dit qu'il buvait dans
une journée, de ce thé extrêmement fort, jusqu'à
trois ou quatre litres...

Cahoté près d'elle dans l'autobus, se balançant,
les jarrets tendus, cherchant l'équilibre, se cramponnant, détachant difficilement les tickets et les
tendant au contrôleur morose enfermé dans sa cage
de verre, grommelant... tout à fait comme son père
autrefois, il le retrouve... il avait honte quand il
était enfant chaque fois que son père manifestait
ainsi en public son mécontentement, prenait tout le
monde à témoin et que tous autour de lui détour-
naient les yeux, gardaient le silence... mais il ne
peut pas se retenir, il fulmine... « Joli système, ces
nouveaux autobus... Aucun avantage pour personne... De qui se moque-t-on... Je me demande
quels crétins... » quand, se retournant, il voit sur

ce visage, dans ce regard posé sur lui quelque chose d'avide, de glouton... comme une cupidité sournoise... une secrète satisfaction... et aussitôt il se calme, se referme...

Elle l'a reconnu, elle était là, par-derrière, à l'observer... Elle seule parmi tous ces gens inconscients, ignorants, aveugles, sourds, a su plaquer sur lui une image qu'elle a recueillie sur la page d'un journal, sur l'écran d'un poste de télévision, et qu'elle a conservée, elle ne jette rien, elle ne laisse rien se perdre... elle a eu cette chance de voir là devant elle, en chair et en os... trop beau pour être vrai... grâce à un de ces hasards, de ces miracles... et serrant dans sa main ce talisman elle a été emportée vers ces régions dont elle a tant entendu parler, où vivent des êtres étranges, monstres, demi-dieux, où règnent d'autres mœurs, d'autres lois... elle a dans cet autobus accompli en quelques instants un voyage à l'autre bout du monde... Il était, figurez-vous, à deux pas de moi, tapant du pied, tempêtant...

Elle a acquis pour le rapporter à la maison un de ces « souvenirs », hideux, produits du folklore local, fabriqués en série pour les étrangers, et qu'achètent, attendris, les touristes... il regarde avec dégoût, il a envie de lui arracher ce qu'elle vient d'emporter, ce qu'elle va poser sur sa cheminée et faire admirer à ses amis : lui-même, naïvement, grossièrement, grotesquement taillé dans une matière commune de la plus pauvre qualité : « une vraie nature », « un fort tempérament », « une personnalité du tonnerre de Dieu ».

On rosit, on baisse les yeux, on se trémousse comme si on était chatouillé, avec des petits rires nerveux, on recule comme si on avait peur de se brûler, et puis, tout de même, on ne peut pas s'en empêcher... « Au fait, vous savez, mon livre marche bien... je suis content... »

Elles lèvent la tête au-dessus de leur tricot, de leur journal, de leur livre, de leur jeu de patience, et puis l'abaissent : « C'est bi.i.ien, ça... » appuyant sur le « bien », l'étirant, et puis faisant tomber comme une grille qui se referme sur la souris qui a mordu à l'appât : « ça ».

C'est touchant, cette brusquerie, cete gaucherie des débutants, des innocents... on se jette à l'eau, fermant les yeux, on saute sans prendre le temps de se préparer... sans aucun préambule on s'élance... « Au fait, vous savez, mon livre marche bien, je suis content... » et on se cogne, bien sûr, pouvait-il en être autrement, on a mal quand on a fait un à plat et qu'on a reçu en plein ventre : « C'est bien, ça. »

On n'a pas pu y tenir, on n'a pas eu la patience d'attendre, on a voulu pousser à la roue, accélérer le mouvement et on a un peu honte, c'est évident, il n'y a pas moyen de le cacher, cela se reconnaît à une palpitation légère dans la voix... « Vous savez, mon livre marche bien. J'ai eu de bons articles, je suis content... » Et puis on attend... Mais qu'espère-t-on? Doivent-elles se dresser, balayer de la main les cartes étalées devant elles sur la table, jeter par terre leur tricot, leur livre, sauter en l'air, s'élancer vers lui, battre des mains, le serrer dans leurs bras? Ont-elles jamais quémandé quoi que ce soit? Dépendu de quiconque?... Dignes, fières d'être là, sans plus, d'exister, tout simplement, de passer leur temps... qu'importe comment?... Doivent-elles le féliciter de voir se réaliser enfin ses rêveries frivoles, ses sottes nostalgies d'enfant?

Que mérite-t-il de plus qu'un bref hochement de tête et ces mots sur le ton aigu et chantant qu'on prend pour parler à un petit garçon qui vient vous montrer sa construction... « C'est bien, ça. »

On s'est décidé à choisir : être ici ou là-bas. On s'est rendu compte enfin qu'on ne peut pas être des deux côtés à la fois. Rester là-bas, se laissant couler, seul, libre, vers les grands fonds, se laissant flotter, emporter, et être ici, enfermé douillettement, bien installé, protégé, entouré de soins... elles l'approuvent... « C'est bien, ça... » d'avoir enfin compris et fait son choix.

Compris enfin qu'il faut en rabattre... Que personne n'est moins indépendant, plus soumis à tous les jugements, cherchant sans cesse à s'apercevoir dans les reflets mouvants de tous les yeux, à se placer sous tous les regards, à solliciter, à espérer...

C'est agaçant qu'on vienne ainsi vous forcer la main, elles se sentent gênées pour lui, elles lèvent à peine la tête... « C'est bien, ça » tenez, ce sera tout ce que vous recevrez, n'attendez plus rien.

Comme un père qui amène son fils à la ville pour le placer, le pousse devant lui... que ces dames veuillent bien le prendre, elles ne le regretteront pas, qu'elles voient... voici ses références... et elles inclinent la tête d'un air condescendant... « C'est bien, ça. »

C'est bien, ça... et maintenant, si je puis me permettre... elles l'inspectent, elles tapotent ici et là... il faudra se débarrasser de tout cela... ça ne peut pas aller... Puisqu'on veut tant... pas pour soi-même, elles le savent, mais pour son « œuvre »... voyez comme il se rétracte, comme le mot lui fait peur... puisqu'on veut, n'est-ce pas ? qu'elle soit... pas seulement reconnue, ça ne nous suffit pas... mais qu'elle occupe le tout premier rang... si, si... qu'elle soit hors pair... alors il faut absolument qu'on change... Qu'on donne de sa personne... Ah que voulez-vous, il faut ce qu'il faut. Pour être belle, il faut souffrir... une joie maligne luit sur leurs dents d'ogresses, sur leurs canines de fauves, dans les notes aiguës de leurs petits rires acérés... il faudra quitter cet air effacé, modeste, presque fautif, comme effrayé... se débarrasser de cet aspect grisâtre... comme si on était n'importe qui... comme chacun de nous... même nous qui n'avons pourtant pas beaucoup d'ambition, Dieu nous en garde, nous avons nos petites audaces, nos prétentions... alors quand on veut soumettre la terre entière... si, si, ne regimbez pas, vous n'en seriez jamais arrivé là... alors on doit... Mais vous le savez très bien... Non? Vraiment? On est si innocent? Eh bien pour commencer, il faut entrer ici en conquérant. Forcer les gens à vous obéir... qu'ils se soumettent, qu'ils se prosternent... il n'y a rien qu'ils aiment autant... Et pour cela leur donner l'exemple. Se placer à distance de soi-même. Et de là se contempler. Avec adoration, avec émerveillement... Que tous vos mouvements acquièrent à vos propres yeux l'aspect des gestes hiératiques... qu'ils se déploient, se projettent violemment, qu'ils aient cette sûreté, cette netteté, cette rigueur, cette lourdeur... comme s'ils portaient une charge de significations mystérieuses et à la fois précises... Il faut que vous vous sentiez dans chacun de vos gestes pareil à un souverain pendant les cérémonies du couronnement. Et eux se sentiront honorés, comblés, de pouvoir accomplir avec vous les rites du sacre...

Non? On ne peut pas? Il n'y a pas moyen? Elles s'écartent avec un air de léger dégoût, comme si elles avaient touché tout d'un coup à quelque chose d'un peu répugnant, perçu une odeur désagréable... Mais il me semble... je ne suis pourtant pas orfèvre... il me semble qu'il devrait y avoir chez celui qui crée... comme un trop-plein qui déborde l'œuvre, qui se répand... un excès d'assurance, de force d'attaque, de témérité... Une œuvre, il me semble, ne peut pas tout utiliser... Sa fabrication doit donner toutes sortes de sous-produits... elle doit abandonner toutes sortes de déchets qui se résorbent dans la vie... Mais ici, rien? Tout a été employé jusqu'à la dernière parcelle? On n'a pas les moyens de se montrer large? On est obligé d'être si parcimonieux, tout étriqué, resserré, réduit... Mais comme c'est triste...

Son bras s'étend, se replie, sa tête oscille de côté et d'autre... il ne sait pas très bien ce qui lui arrive... ce n'est pas lui, il n'en est pas capable, qui fait tout seul ces mouvements...

Ce sont eux, rassemblés autour de lui, qui les lui font exécuter... ils prennent son bras inerte, ils le soulèvent, le déplient, le replient... ils secouent sa tête... ils sont comme des sauveteurs ranimant un noyé... Bien, encore. Et encore. Plus ample. Plus fort. Il aspire profondément. Le sang afflue à son visage... Voilà. Ça vient. Ils l'encouragent... Son bras s'étend, se replie, son poing se serre, ses lèvres s'entrouvrent... difficilement d'abord... Penchés sur lui, ils l'observent, ils attendent... Allons, faites un effort... « Eh bien... je ne sais pas... sa voix est incertaine, encore un peu enrouée, on dirait la voix de quelqu'un d'autre... J'ai beaucoup de mal... Sans cesse je recommence... Il replie le bras... Il serre le poing... J'arrache... Il étend le bras... Je prends une autre feuille... Il hoche la tête de côté et d'autre... il plisse les lèvres... Non, décidément non. Ça ne va pas... » Petit à petit il sent, comme les rescapés, les convalescents, dans chaque parcelle de lui-même un afflux de vie neuve... Il se dresse, il voit autour de lui leurs visages heureux...

Que lui est-il arrivé? Comment est-il venu échouer ici, parmi eux? Il n'a gardé le souvenir d'aucun naufrage, d'aucune lutte pour atterrir ici, d'aucun effort... Il se laissait entraîner loin d'eux, à la dérive, se laissait couler, attiré par des miroitements, des reflets, des choses étranges qui bougent... Il était comme ceux qui rêvent, gagnés par un engourdissement délicieux, leur corps inerte et gelé étendu dans la neige... Une chaleur se répand dans tous ses membres, il regarde autour de lui ces inconnus... Ne craignez rien. Nous sommes vos amis. Finis l'isolement, l'abandon. Vous êtes chez vous ici, parmi les vôtres. Nous voulons vous voir. Vous entendre... Il a envie de les serrer dans ses bras... comment les remercier de tant de générosité? « Mais il n'y a aucune générosité de notre part, c'est vous qui nous avez tant donné... — Moi? donné? — Oui. Vous ne savez donc pas? Vous ne savez pas qu'ici on ne fait qu'en parler? Il n'y a pas une réunion d'amis, pas un dîner... Votre livre... Pour chacun un événement... Les gens sont partagés en deux camps adverses. Mais même ceux qui n'aiment pas... » Il sent comme une peur légère, une inquiétude... Et si c'était une méprise? Une erreur? S'ils la découvraient tout à coup? S'ils voyaient en lui un imposteur? Il détourne les yeux, il se replie, il a envie de se cacher... Comme il est touchant, attendrissant de modestie, d'innocence... Ils lui tendent les bras comme à un enfant qui va faire en titubant ses premiers pas... « C'est vrai, vous savez. Tout le monde vous le dira. C'est un livre qu'il faut absolument avoir lu. Chacun l'interprète à sa manière... Moi je disais l'autre jour... » ils citent des passages, des phrases... Il lui semble, tandis qu'il les écoute, qu'il est comme un héritier à qui le notaire révèle son nouvel état de fortune, montre des chiffres, des inventaires, décrit une belle demeure pleine d'objets précieux que quelqu'un d'autre a amassés au prix de luttes, d'efforts, de privations qu'il n'a pas partagés, qu'il ignore, et dont maintenant avec l'approbation de tous il est devenu « l'heureux propriétaire »... Il a envie de leur dire qu'il n'y est pour rien... que ce livre maintenant pour lui... c'est comme si un autre que lui... Jamais je ne le relis... J'ignore moi aussi de quelle manière... Mais ils se pressent autour de lui, ils attendent, il ne peut pas les décevoir, leur montrer qu'il a trompé leur confiance, leur refuser... « Pour nous c'est si étonnant, ce travail... Dites-nous comment... — Eh bien voilà... Un instant il hésite. Il étend le bras... leur cercle autour de lui crée comme un champ magnétique, répand autour de lui comme une mer phosphorescente... de son bras qu'il étend, replie, abaisse, des gerbes d'étincelles jaillissent... il serre le poing, il ouvre la main, il secoue la tête... Je jette... Encore et encore. Son geste devient plus ample. Plus assuré. Sa voix est ferme. J'arrache. Je froisse. Je jette... » Ils suivent enchantés, comblés, tous ses mouvements.

« Debout les morts! » Et tous sursautent. Debout les morts! il a crié cela, levant sa main ornée de bagues... Debout les morts! comme le claquement d'un fouet. Debout les morts! ils reculent, ils renâclent, leurs yeux sous leurs paupières abaissées échangent des regards apeurés... Mais qu'est-ce qui lui prend? Qu'est-ce que c'est? Pourquoi, tout à coup? Certains, moins craintifs, se rapprochent, tendant le cou, levant la tête vers lui... « Maître, nous parlions des Maures. Des événements en Mauritanie. » Il n'a pas l'air de les entendre, il garde son visage figé. Son œil lourd, buté, fixe implacablement quelque chose devant soi. Il lève son bras. Il fait claquer son fouet : Debout les morts! Debout les morts!

« Debout les morts! » parce que c'est mon bon droit. Mon bon plaisir. Debout les morts! parce que ça vient de surgir, sans que ni vous ni moi sachions comment, et qu'il me plaît de le saisir, de le lancer sur vous violemment et de vous voir tituber sous le coup, vous redresser, furieux, montrant les dents, et puis, sous mes coups répétés, « y venir »... timidement d'abord, d'un air gêné, vous tendre, sauter en l'air pour attraper ce que je vous ai lancé, le happer, l'emporter, tout contents, aller le ronger à votre aise, grognant de plaisir.

« Debout les morts! » ou n'importe quoi. Tout ce qui vient de moi sous toutes ses formes, tout est à prendre. Qui se détourne? Qui refuse? C'est à prendre ou à laisser. Et qui oserait laisser? Qui ici aurait le courage de courir le risque?

Personne. Ils sont matés. Dressés.

Rien, émanant d'eux, aucun fluide, aucune force contraire ne fait hésiter sa main quand elle abaisse, quand elle pose la pointe du crayon sur le papier, quand elle glisse, formant des mots. Quand elle pétrit la glaise. Quand elle applique le tranchant du ciseau contre le marbre, lève le marteau. Quand elle trace un dessin sans un fléchissement s'élevant d'un seul mouvement que captent des appareils de prises de vue et que vont contempler sur l'écran les foules émerveillées, conviées à assister au miracle.

Des titres sans nombre fondent sa puissance. Il est un mage. Un sage. Un prophète. Un sphinx. Un sorcier. Un sourcier. Une force naturelle. Un prisme. Un catalyseur. Un corps conducteur parcouru par les plus intenses, par les plus faibles courants. Il est le réceptacle précieux dans lequel du fond des âges sont transportés jusqu'à nous les grands mythes. Il est le fondateur d'un ordre. Le créateur qui ne se soumet qu'à ses propres lois.

Qui ici ose douter de sa prescience? ne pas faire confiance à ses illuminations, quand dans la rue ou dans le couloir de son appartement, ou sur un quai de gare, dans un train, n'importe où, il perçoit soudain, il reconnaît des signes prémonitoires... quand il se met à vibrer... un rythme annonciateur le traverse... il voit se lever dans le lointain, étinceler doucement à travers les brumes de somptueuses constructions... les mots accourent, se bousculent...

N'importe quels mots, les plus démunis, les plus vieux, les plus affaiblis, usés dans les tâches les plus humbles, peuvent, choisis par lui, être investis de grands pouvoirs.

Mais choisit-il seulement quand il prend sans trop savoir pourquoi celui-ci et puis cet autre... un fluide émanant de lui les recharge... ils se soudent les uns aux autres, des formes imprévisibles s'érigent... des mondes se créent, surgis du néant... Ou bien, comme le disent certains, ces mondes étaient-ils là depuis toujours, tout prêts, attendant qu'il vienne et les délivre?

Personne, pas même lui, ne peut empêcher cette rencontre entre eux et lui, cette attirance, cette fusion entre la substance particulière dont il est fait et leur substance à eux, s'immiscer dans leur intimité.

Comment pourrait-il être pareil à ces timorés qui se surveillent constamment? Dès qu'ils se laissent aller tant soit peu, dès qu'ils se permettent de flâner agréablement quelques instants sans se préoccuper de savoir où ils se trouvent, et aussitôt ils se voient contraints de battre en retraite... Où ont-ils été s'aventurer? Ne se sont-ils pas avancés étourdiment dans des domaines déjà occupés? Tout est pris. Interdit. Des masses imposantes, écrasantes, se dressent partout devant eux, couvrent tout de leur ombre... ils doivent se dépêcher de retourner chez eux, de se réfugier là où les puissants, les grands n'ont pas daigné pénétrer, sur ces parcelles exiguës qu'avec la largesse de gens bien nantis ils ont négligées, qu'ils ont traversées à la hâte poussés, pressés qu'ils étaient par leurs vastes desseins.

Lui, il peut s'emparer de n'importe quoi sans crainte, sans vergogne. Tout est à lui, puisqu'il est assez fort pour le prendre. Tout s'offre, attend que son regard qui erre au gré d'une fantaisie dont nul ne peut prévoir les cheminements vienne se poser...

Il n'y a rien, depuis les énormes et imposantes machineries de la mort et de l'amour, jusqu'à ces petites choses modestes, une herbe, une touffe de primevères, un bourgeon duveteux, un pétale parsemé de gouttes de rosée... rien, aucun bijou ancien pieusement conservé, aucun objet usé, mis au rebut, qui, avec lui, ne coure à nouveau sa chance.

Chaque chose maniée par lui renaît, transfigurée, devient sa chose à lui, créée par lui, portant sa marque.

Voyez l'étonnant enchevêtrement de pièces hétéroclites... Des plaques d'un gris inerte de ciment, des lambeaux blanchâtres aux reflets indigents comme ceux de la tôle, des bouts de carton, des blocs qui ont l'éclat épais de l'or, des cailloux, des diamants... Des machines grinçantes montent et descendent, leurs becs de fer s'ouvrent, happent du vide, se referment avec des claquements sinistres.. Ceux qui voudraient se boucher les oreilles doivent se dominer, ils arriveront à s'habituer. C'est, on le sait, une question d'entraînement.

Et voilà tout à coup... avec lui on ne sait jamais... comment aurait-on pu s'y attendre?... cette chose toute tendre, si fraîche, comme jetée là par mégarde et oubliée, mais est-ce possible?... cette scène sous le cerisier... le bruissement des feuilles de peuplier, le clapotis de l'eau... cela a affleuré, montant de son enfance.. des vieux mots innocents portent cela, le bercent, leurs voix usées, cassées, de vieilles nounous murmurent une ancienne chanson.. Avez-vous remarqué? C'est exquis, charmant, j'ai été si touchée... quand il a consenti.. il a cette force.. quand il a bien voulu descendre un instant jusqu'à nous, ça m'a émue de le sentir si ému lui aussi, si proche, tout simple..

Les connaisseurs, les experts, les chercheurs et explorateurs s'affairent...

Dans le chaos — du reste apparent, si savant — dans la rigidité admirable de la construction, soudain ce point tendre... un petit dessin naïf... Ce qui est remarquable, c'est qu'il n'est pas le seul, quand on regarde plus attentivement... En d'autres points choisis pour soutenir on ne voit pas encore nettement quel équilibre, il y a des mollissements du même ordre... des « endroits duveteux ».. comme l'a dit Jalgrin... il a été, je crois, le premier à remarquer ces... non, ce ne sont pas des répétitions... ce sont des images renvoyées par des miroirs. En effet, vous avez remarqué? elles s'inversent... la mort de la mère est exactement une de ces images inversées... c'est extrêmement intéressant... je ne vois rien de pareil dans ses autres livres... Dans chacun de ces passages... c'est très curieux... vous trouvez les mêmes mots... « ainsi que »... revient dans chacun d'eux. C'est même à mon avis cet emploi, rare chez lui, qui fait qu'on les découvre.

Alors rien? Ce qui s'appelle rien. Vraiment rien n'est permis? Même pas ça? Ce timide sursaut de liberté, cette preuve touchante de sincérité, cet aveu tremblant, cette infime réserve présentée avec tant de précautions, entourée de tant de garanties... J'ai tout aimé, tout, j'ai été d'emblée conquis. C'est admirable d'un bout à l'autre... Juste là, peut-être... si je puis me permettre... au milieu de ces merveilles, parmi tant de joyaux... juste ce rien... un petit défaut sans importance... mais dans un pareil ensemble... du reste souvent une légère imperfection ne fait que rehausser... dans la dernière partie... c'est peut-être stupide... moi seul sans doute l'ai senti... ce nom... il m'a semblé qu'il détonnait un peu... sa consonance... c'est peut-être ridicule... ça m'a fait penser... Et aussitôt ce mouvement comme une brève lame de fond, comme un rapide déroulement d'anneaux, ce bond en arrière... il s'est dressé comme prêt à mordre, et puis s'est figé, tout raide, frappé de stupeur, son regard dardé sur l'insolent.

Donc, même pas ça?... Tout oscille, se bouleverse, se renverse... Donc désormais rien n'est admis. Pas la moindre diversion, pas une seule note discordante pour rompre la monotonie, pas un seul grain de poivre pour relever ce qui à la longue menaçait d'être un peu fade, pour taquiner le palais blasé du maître... Même pas ce qui peut donner du prix à l'approbation, montrer le goût délicat des admirateurs, leur intégrité, leur indépendance, leur parfaite sincérité... Rien n'est permis même au fidèle compagnon, au défenseur de la pre-

mière heure, à l'ami éprouvé? Pas même au servi-
teur dévoué qui a mérité qu'on tolère de temps à
autre son franc-parler? Pas même au fou du roi?

Non. A personne. En aucun cas. Sous aucun
prétexte. L'exclusion menace également les courtisans maladroits qui croient bon de faire valoir
leurs talents de connaisseurs, les flatteurs trop subtils, les excités qui font de l'excès de zèle, les
purs, les amoureux que leur sentiment contraint
à être francs   tous, cachez-le, sont traités de la
même façon.

Allons, c'est bon... Pour cette première fois, vous
allez bénéficier de l'indulgence. Mais ne recommen-
cez pas, hein? Que cela vous serve de leçon. Je sais,
je sais, je vous connais, je comprends... Mais justement les meilleures intentions ne constituent pas
des excuses. Rappelez-vous que je n'ai que faire de
la sincérité de vos sentiments, qu'il m'est tout à fait
indifférent que vous ayez ou non jugé en toute
indépendance. Vous? Jugé? Vous? aimé pour de
bon ou non? Vraiment, qu'importe? Ce qu'on
exige de vous, pauvre bête, c'est une attitude
d'adhésion sans réserve. L'adhésion lucide, l'adhésion aveugle, le ralliement obtenu par la contrainte
ou librement consenti, retenez-le, c'est tout un. Ce
qu'il me faut, c'est la preuve constamment apportée
d'une totale soumission. Rien d'autre. Il n'y a pas
de moyen terme entre l'admission et l'exclusion.
Ne tremblez pas, vous ne serez pas exclu. C'est
bien... C'est oublié. Il n'y aura pas de réponse. Vos
paroles tout simplement — et croyez-moi, vous vous
en tirez à très bon compte — n'ont pas été enregis-
trées. Rien n'en est parvenu jusqu'à moi. Mon
regard vous quitte. Je n'ai pas entendu.

Il se renverse contre le dossier de son fauteuil, il s'étale tout en rondeurs gonflées de bénévolence comme pour offrir la plus grande surface possible à leurs regards gourmands... « Que voulez-vous que je vous dise? Moi-même je ne sais pas bien... — Oh si, dites-nous... Pour nous c'est si.. un tel mystère... — C'est bien difficile, ce que vous me demandez là... Sa tête se balance lentement, montrant sa perplexité. Moi-même je n'en sais trop rien... Ils s'agitent, ils se trémoussent d'impatience... on dirait qu'on entend déjà le crépitement léger, aussitôt réprimé, des applaudissements... Il se replie sur lui-même. Il ferme les yeux. Silence. Il se redresse. Ses yeux regardent par-dessus leurs têtes, se posent au loin... Eh bien, si vous voulez, voilà. Il y a d'abord... c'est un premier précepte... A ne jamais oublier. Il ne faut jamais tenir compte de personne. Aucun avis ne doit compter... Ils reculent légèrement, comme bousculés, ils se tassent un peu les uns contre les autres, leurs têtes s'inclinent... Oui. De personne. Et de rien. Que de ça... Il pose sur sa poitrine sa main grande ouverte... Oui. Que de ça. De ce qui est là. C'est ça seul qui compte. C'est avec ça, et avec rien d'autre que s'engage le combat. Un combat mortel. Une corrida. Seul à seul. Affrontant la mort à chaque seconde. Acceptant d'avance sa propre mort... Pas un mouvement, pas un souffle dans le demi-cercle qu'ils forment, assis, accroupis devant lui. Ils sont perclus de révérence... Et puis... il les regarde l'un après l'autre, il leur sourit... il y a une deuxième règle, mes amis... un peu d'indulgence, comme une tristesse apitoyée amollit sa voix... Il faut trimer. Très dur. Qui donc a dit : Que celui qui aura travaillé autant que moi m'envie, ou quelque chose d'approchant?... Des noms sont murmurés timidement... Enfin, peu importe. Oui... un tâcheron. Et le plus désavantagé qui soit... Allons, qu'ils n'aient plus peur, qu'ils approchent, ils peuvent le toucher... il a choisi pour leur apparaître l'aspect des déshérités, des humbles... Un tâcheron qui ne s'arrête jamais. Pas de congés payés. Jamais de vacances. Levé tôt, toujours à la même heure, hiver comme été. Devant ma table, comme le menuisier devant son établi, comme la couturière devant sa machine à coudre. Avec cette différence qu'il faut sans cesse recommencer... sans cesse chercher... Et tout à coup trouver sans effort, comme par l'effet du hasard... Et le hasard effraie. On ne veut pas dépendre de la chance... même de trop de chances... Et puis la satisfaction... elle aussi fait peur, elle est souvent empoisonnée. Combien de fois, justement ce dont j'étais le plus satisfait... Sa tête tourne avec lenteur de gauche à droite, ses yeux baissés ont l'air de lire des mots alignés sur une feuille de papier... combien de fois il m'arrive en relisant ce que je croyais avoir à peu près réussi... ses lèvres font la moue, il fronce les sourcils, il hoche la tête... Eh bien non. Décidément non. Ça ne va pas. Il faut recommencer. Tout reprendre. Ainsi dix fois, trente fois...Il faut être sans pitié... Son bras s'étend, se replie. J'arrache. Son poing se serre. Je froisse. Son bras s'abaisse, sa main s'ouvre. Sueur et sang. Chacun de ses gestes mime le supplice. Je jette. Je recommence. Encore. Et puis encore. Et encore une fois... »

Il sait d'où cela provient, il n'a pas besoin pour le savoir de la regarder, rien ne se verrait au-dehors... c'est comme en elle un reflux, un mouvement de rétraction, de succion... celui d'une ventouse, d'une sangsue... c'est comme le glissement silencieux du piston d'une seringue qui se soulève doucement... il sent comme son sang, aspiré, se retire de sa main, de son bras... Sa voix aussi, les mots qu'il continue à prononcer sont comme vidés, desséchés, ils flottent, légers, déportés, tournoient...

C'est elle... assise un peu à l'écart, immobile, comme tapie... elle dont la seule présence d'ordinaire suffit, elle n'a pas besoin de lever le petit doigt pour le faire aussitôt se ratatiner, occuper le moins d'espace possible, pour lui donner envie de se cacher, de s'enfuir, l'échine basse... Oh non, laissez-moi, pourquoi moi? Ne me demandez pas... je ne sais rien, je ne fais rien... il ne faut pas parler de ça... occupons-nous de quelqu'un d'autre, de qui vous voudrez... n'importe qui sera plus intéressant... mais surtout pas de moi... Et cette fois il a perdu la tête, il a poussé l'outrecuidance jusqu'à s'imaginer qu'il était devenu assez fort, assez protégé pour pouvoir ne pas prendre garde à sa présence... Il était comme le parvenu puissant, trônant au milieu d'une brillante compagnie, qui a reconnu d'un seul coup d'œil dans la domestique effacée circulant entre les invités une de ses parentes et qui feint de l'ignorer, qui finit par ne plus y penser... Et voilà tout à coup qu'elle a l'audace de lui faire de loin un petit signe de connivence... Il était comme le petit garçon emporté par l'ardeur du jeu, revêtu de sa panoplie de général, brandissant son sabre, éperonnant son cheval, entraînant ses troupes à l'assaut... et qui, apercevant du coin de l'œil sa gouvernante apparue derrière la fenêtre, sait, sans qu'elle ait besoin de l'appeler, que le moment est venu pour lui d'aller se déshabiller et prendre son bain...

Tout s'estompe, s'éloigne comme s'il allait perdre connaissance... de vieilles images venues il ne sait d'où, enterrées en lui, mortes depuis longtemps, surgissent, le traversent... la mort, tenant sa faux, apparue au pied de l'arbre en haut duquel le bûcheron est en train de chanter, émondant les branches... Le crâne qui se balance à l'arrière-plan, accroché à la baraque devant laquelle festoient les forains, jouent les enfants...

Elle sait. Tous savent, c'est certain. Tous ceux qui assemblés autour de lui le contemplent avec tant d'admiration, de respect, s'extasient... Quelle beauté... Quelle noblesse, quelle pureté, dans ses traits... Jamais je ne lui ai vu si bonne mine, un air si jeune... Lui seul ne sait pas, installé ici, revêtu de ses plus beaux habits, rasé de près, fardé, vidé et embaumé, présidant à la réception donnée en son honneur dans le salon d'un *Funeral Home*.

Mais non, c'est ridicule. Des fantasmagories. Ils ne savent rien, ni elle, ni eux, que peuvent-ils savoir?... C'est juste un moment de dépression, un léger fléchissement... il ne s'est rien passé... il travaille toujours autant, plus que jamais... Pourtant, depuis quelque temps déjà, il lui arrive de redouter plus souvent qu'autrefois... peut-être qu'il pressent... Non. Ce sont des choses qui arrivent aux autres. Ça ne peut pas lui arriver. Pas à lui. Lui toujours si vigilant... Mais maintenant... il sent au cœur ce pincement, cette faiblesse dans tout son corps... son tour à lui aussi est venu... cela s'est fait très insidieusement, comme toujours... il a été amené petit à petit, entraîné à son insu... il s'est permis de prendre, il ne s'en est pas rendu compte, toujours plus de libertés, il a osé forcer, asservir ce dont autrefois il ne s'approchait qu'avec tant de précautions, tant de respect, ce qu'il acceptait d'attendre aussi longtemps qu'il le faudrait... ce qui ne se laisse pas nommer, cette petite chose impalpable, timide, tremblante, qui chemine, progresse doucement, propulsant les mots, les faisant vibrer... qu'elle daigne juste se montrer... tout sera mis en œuvre pour la servir... et il a essayé de la dresser, de lui apprendre les bonnes façons, il l'a obligée à surveiller sa ligne, à se faire toute mince pour bien porter ces modèles de grand couturier, ces phrases qu'avec tant de soins, d'efforts il a dessinées, sobrement élégantes ou savamment désordonnées, ou brochées et chamarrées de mots somptueux... il lui a appris, lui aussi, comme tant d'autres, à s'effacer pour mieux les présenter, les mettre en valeur, et elle doit maintenant... il préfère ne pas aller regarder, il ne veut pas s'en assurer... d'ailleurs lui-même probablement ne verrait rien... elle doit avoir fini par acquérir la grâce anonyme et grêle, la désinvolture appliquée des mannequins...

Tout autour de lui était devenu, c'est vrai, depuis quelque temps un peu inerte... Il s'est laissé gagner par une sorte d'engourdissement... de torpeur angoissée... celle que font éprouver certains lieux... paquebots somptueux, palaces, maisons de santé, cliniques de luxe... où tout est moelleux, feutré, tapissé, capitonné, étouffé, voilé, tamisé, soyeux, velouté, fleuri, lustré, ripoliné, attentionné, empressé, soumis...

Et tout d'un coup, c'est comme si dans la salle de bains tiède recouverte d'émail étincelant où il se détendait, trempant toujours plus amolli, plus affaibli dans l'eau mousseuse et parfumée, une petite fenêtre s'était entrouverte... Il perçoit, il reconnaît, montant d'une ruelle par-derrière, d'une arrière-cour, des odeurs, des bruits familiers... relents de linge humide, de détritus... tumulte assourdi des disputes, injures, cris, taloches, rires, chants... cela monte vers lui de là-bas... où tout s'agite, foisonne, s'épand, s'abandonne, désordonné, informe, impur, innocent... Il faut s'arracher d'ici, courir, revenir vers cela...Vers elle qui se tient là avec en elle ce vacillement, ce louche flageolement... il sent, tandis qu'il s'approche d'elle

cette avidité d'autrefois, cette humilité, cette tendresse... « Il y a des éternités... Je suis si content...
Pourquoi ne se voit-on plus jamais? Quand pour-
rait-on se revoir? Bavarder un peu, comme on
faisait dans le temps, dîner ensemble? »

Ils sont là aussi, elle les a fait venir, elle a voulu leur offrir, partager... Vous verrez, c'est très amusant... Il sera content, c'est lui qui m'a demandé, il a insisté... Ça m'a d'ailleurs étonnée... Vous ne l'auriez pas reconnu, il était comme chez lui, trônant, paradant, dévoilant devant ces gens ébaubis les « mystères de la création »... J'arrache. Je déchire. Je jette... mais si, mais si, je vous assure... c'était trop drôle... Et ils ont accouru, ç'aurait été dommage de manquer le spectacle.

Plaqué sur lui, le recouvrant, le pantin au torse bombé, à la tête dressée, vers eux s'avance, et ils frétillent déjà... tout à l'heure il suffira d'une légère impulsion et il va étendre le bras, le replier, l'abaisser, secouer la tête... Encore et encore... ce sera désopilant...

Toute sa peau fragile et rose hérissée, irritée, il s'agite, il cherche à se dégager, sa voix a des intonations implorantes... « C'était drôle, n'est-ce pas, l'autre soir ?... J'ai pensé que vous avez dû vous moquer de moi... Je ne sais pas quel diable m'a poussé... il essaie de se rapprocher, de se glisser près d'eux... C'était ridicule... On se sent si bête

quand on se met à parler de ces choses... — Non...
Elle secoue la tête... Non, pas du tout, j'ai trouvé
que c'était plutôt touchant quand vous vous êtes
ainsi... ouvert... offert... elle se penche en avant,
les bras écartés, la bouche entrouverte... quand vous
vous êtes livré... — C'était idiot... Je l'ai regretté...
Mais on s'ennuie tellement, vous ne trouvez pas?
à ces sortes de réunions qu'on est prêt à faire n'importe quoi pour distraire ces pauvres gens, pour se
distraire soi-même un peu... — Non, moi je ne me
suis pas du tout ennuyée... » Non, pas par ici, inutile d'essayer, non, par ici la voie est barrée, vous
ne passerez pas... Mais où vous croyez-vous donc?
Avec qui? Avez-vous à ce point oublié que nous
possédons le code, que nous lisons sans effort ce
langage grossièrement chiffré? Non, inutile de chercher à donner des gages, d'essayer d'avoir un pied
de chaque côté, de trahir... « Non, c'était plutôt
agréable... Il y avait des gens charmants... J'imagine qu'à l'ordinaire... Mais vous devez le savoir
mieux que moi... d'une chiquenaude elle le
repousse, elle le pousse là-bas... Moi, vous savez, je
sors si peu, je vais si rarement à ce genre de récep-
tions... » Comment a-t-elle l'audace? elle qu'il a
surprise... qu'était-elle venue faire, elle, dans ce
mauvais lieu?.. il la tient, il ne la lâchera pas...
« Oui, c'est ce que je croyais... Je n'aurais jamais
imaginé... J'ai été très étonné... Je pensais que la
dernière personne que je rencontrerais... — Oh
mais moi, ce sont des gens à qui je dois beaucoup,
de vieux amis de ma famille, nous sommes même
un peu parents... Sinon... D'ailleurs quand bien
même je voudrais aller dans ces sortes d'endroits...
moi, vous savez, je ne suis pas comme vous solli-
citée... — Sollicité? Moi? Mais quelle idée... Pas

du tout, je sors très peu... une vraie corvée... Quand je vous ai vue là-bas, j'ai senti comme une bouffée d'air frais... » On dirait qu'un frémissement les parcourt, qu'ils se trémoussent légèrement, se poussent doucement du coude... leurs lèvres s'étirent à peine, des feux follets vacillent dans leurs yeux... Ah vraiment? une bouffée d'air frais... il a senti cela... elle lui a donné envie d'aller se rafraîchir un peu, de se donner un peu de mouvement... on a voulu s'encanailler un peu, n'est-ce pas? c'est excitant... retourner ici vers les humbles, vers les obscurs.. juste un agréable chatouillis, une exquise titillation, un petit massage, des picotements ravigotants... Ce n'en sera que plus délicieux de retourner là-bas, de retrouver, dès qu'on le voudra... il n'y a rien à craindre, cela nous attend... de se replonger délicieusement dans le calme, dans la sécurité, dans la douce soyeuse tiédeur du luxe, du grand confort... Allons, allons, ne nous dites pas... vous ne pouvez pas nous tromper, nous savons...

La belle dame richement entretenue a eu beau prendre ses précautions, laisser à l'entrée de son village natal sa somptueuse voiture où l'attend son chauffeur, et venir à pied, modestement vêtue, rendre visite à ses parents, embrasser les compagnons de ses jeux d'enfant, ils flairent sur elle les riches parfums, ils décèlent sur sa coiffure, sur ses mains les signes de soins coûteux, le prix honteux du péché... « Mais si, mais si, vous ne nous ferez pas croire... Vous avez eu un grand succès, nous vous avons vu à la télévision, nous vous avons écouté à la radio, il y avait même sur la couverture... de quel magazine déjà?... vous ne vous en souvenez pas? votre photo... » Il rougit, il supplie...

« Je vous en prie, ne vous moquez pas de moi...
Qu'est-ce que ça signifie?... Vous savez bien que
chaque semaine, n'importe qui... » Non, pas par là
non plus... de ce côté non plus vous ne passerez
pas... Inutile de vous faire tout petit... gêné pour
nous, intimidé par votre propre grandeur, pris de
vertige devant ce qui nous sépare, ces gouffres
immenses... de vouloir vous tenir avec nous comme
cette princesse... vous vous rappelez... qui arrivée
pendant le concert dans un salon où elle ne venait
que par condescendance, effaçait les épaules pour
montrer qu'elle ne cherchait pas à faire sentir la
supériorité de son rang, restait debout dans le
fond... Tous les regards sont fixés sur lui... Une
petite voix mince susurre... « J'ai vu que vous
avez même eu droit, oui, oui, à un article enthou-
siaste de Moulinier... »

C'était donc bien ça. Il ne s'est pas trompé. Ici
une sentence a été prononcée. Elle la lui a noti-
fiée là-bas, elle, leur émissaire, leur déléguée...
Elle s'est apitoyée quand elle l'a vu se pavaner,
ignorant le sort qui l'attend, perdant la tête, s'imaginant qu'il peut se permettre ce qui est permis aux
grands, qu'il jouit de la même immunité, qu'il peut
comme eux, si ça l'amuse, parader, s'exhiber, s'offrir généreusement, jouer des rôles... c'est si charmant, tout le monde comprend, approuve... il
y a en lui un acteur-né... je dirais même, par
moments, un pitre... cela fait partie du person-
sonnage... cela lui sert par ailleurs... un aspect de
son génie... le signe de sa grandeur, cette candeur
admirable... cette naïveté... éternel enfant... désar-
mante vanité... si touchante... qui révèle sa modes-

tie... Et lui, ridicule grenouille... le pauvre a vraiment cru que c'était arrivé, il fallait le voir... Et ils l'ont vu... son long cou fragile sortant du col énorme, des larmes de peinture noire descendant des paupières rougies le long des joues enfarinées, clown misérable faisant son numéro devant une assistance goguenarde de bourgeois, de provinciaux...

Il doit savoir. Il veut connaître la sentence qu'ils ont prononcée ici, à huis clos. Le condamné par contumace est revenu se soumettre aux lois de son pays. Que ses concitoyens le jugent maintenant de nouveau en sa présence... « Ah, cet article de Moulinier... Vous avez raison, je n'en étais pas fier. Je me suis consolé en me disant que je suis peut-être une de ces exceptions qui confirment... que juste peut-être cette fois il a pu lui arriver, même à Moulinier... » Son regard quête, va de l'un à l'autre, se tend vers celui-ci, assis toujours à distance, tourné de profil, ne prenant jamais part aux discussions, le corps amaigri, le visage émacié par les jeûnes, les privations, les épuisantes, douloureuses contemplations et méditations... lui, le pur, le juge suprême, incorruptible... le stylite juché sur sa colonne... Lui que jamais aucune sollicitation, aucune supplication n'en fera descendre pour aller là-bas se montrer, se laisser approcher, frôler... lui que le jour venu on sera obligé de transporter là-bas, toujours pétrifié sur sa colonne — une statue qu'on soulève et porte avec son socle — et de placer dans une niche spécialement creusée dans laquelle la foule pourra les contempler, sa colonne et lui... Vers lui, il tend les mains, il l'implore... qu'il veuille bien ne pas tenir compte des circonstances malheureuses qui, il le sait, aggravent son cas... ces souillures qu'il a subies... les attouchements du vulgaire l'ont sali, sans qu'il le veuille, il n'y est pour rien... cela suffit, il le sait bien, pour que lui, l'intact, l'intouchable, s'en écarte avec dégoût, mais qu'il daigne pardonner juste cette fois... oublier... « C'est votre jugement que j'ai redouté par-dessus tout... Je me suis dit que peut-être... bien sûr, vous comprenez tout... mais peut-être avez-vous trouvé une certaine confusion... quelque chose de trop touffu... chez vous les plus grandes complexités conservent toujours une telle pureté de ligne... » Plus bas, toujours plus bas, se prosternant, entourant de ses bras, serrant le pied de la colonne, appuyant contre elle son front brûlant... « Il y avait quelque chose chez moi... il m'a semblé... de pas assez contrôlé... un certain laisser-aller, peut-être... un manque de netteté... Je vous ai imaginé... » L'autre pivote légèrement, décroise puis recroise ses jambes, se présente de trois quarts. Son regard immobile est toujours dirigé droit devant soi, ses lèvres minces s'entrouvrent à peine... « Non, je n'ai pas trouvé cela... Sa voix peu exercée rend un son caverneux... Il toussote pour l'éclaircir... Il m'a semblé au contraire, quant à moi... il articule plus fort, dans sa voix soudain des notes métalliques claquent... Ça m'a pa-ru par-fai-te-ment clair... »

Quelqu'un par-derrière le tire... « Je vais vous dire quelque chose qui va vous faire plaisir. J'ai une collègue... Elle lit beaucoup... Moi je trouve qu'elle a bon goût... eh bien elle a beaucoup aimé... elle m'en a parlé sans savoir que je vous connais... » Son recul à peine perceptible, la légère rétraction en lui, comme un appel d'air fait se soulever en eux... quelque chose en eux se dresse, se tend, attend... que va-t-il faire? ... Il s'incline... « Je vous remercie... il obéit à la règle. Il subit comme il se doit l'épreuve de l'humilité, de la parfaite fraternité... J'en suis très heureux, très touché.. Remerciez-la pour moi... »

Celle-ci maintenant étend sa grosse main charitable de sœur converse... « Moi j'ai beaucoup aimé certains passages. Celui sur le rêve dans la caverne... de ses doigts agiles elle a saisi cela, elle l'a retiré, un seul petit cube, et toute la fragile construction s'écroule... elle le leur lance... Pas vous? vous n'avez pas aimé? » Quelqu'un l'attrape au vol... « Si, moi aussi, je l'ai remarqué... » S'oubliant un instant, il cherche à le reprendre, il veut le replacer, reconstruire... il tend les mains... « Mais moi, vous savez, ce rêve... il n'était là que pour faire pendant... Sinon, les rêves... Enfin, je ne sais pas... » Elle le regarde sévèrement : « Pourquoi? Qu'avez-vous contre les rêves?... Moi-même, vous vous rappelez... » Il se rappelle, comment pourrait-il oublier?... « Non... je disais seulement que chez moi, dans ce cas particulier, il m'avait semblé, quand je pensais au dessin d'ensemble, que précisément à cet endroit il faudrait... » Sur leurs visages s'étirent les longs sourires inquiétants des débiles, des déments... « Ah parce que vous prévoyez d'avance... » Il hésite... « Enfin oui... c'est-à-dire qu'en gros il y a d'abord un projet... — Un plan? Avant d'avoir commencé? — Oh, vague, bien sûr... — Vague? — Oui. Il y a quelque chose qui se dessine au loin, qui s'assemble autour d'un axe central... » Des signes invisibles s'échangent entre eux. Ils vont confirmer leur jugement. Le stylite sur sa colonne a fait un léger mouvement. Une tête se penche, se balance... « Ah que tout cela est donc difficile, hein? On se donne tant de mal... On se demande par moments... » Deux yeux durs, protubérants, appuient sur lui, une large bouche s'ouvre et se referme avec un claquement... « Oui c'est difficile... la voix nasille, glapit... l'Art... » D'autres qui se tenaient à l'écart s'approchent tout près avec des sourires entendus, lui donnent des petits coups de coude... « Mais enfin, vous devez être satisfait, vous devez tout de même être content... Moi, à votre place... hi, hi... »

Les voici, les lentes reptations, les mous déroulements, les flageolements, des particules minuscules s'agitent, tournent, s'assemblent, des formes compliquées apparaissent et se défont... la voici, la vieille fascination... dans des gouttelettes de gélatine grise des mondes en miniature gravitent... il s'abandonne à tous les attouchements, aux contacts gluants, toute répulsion disparaît, tout instinct de conservation... qu'il sente ramper sur son corps pour mieux en suivre tous les méandres leurs processions de fourmis, que les bactéries circulent en lui détruisant les globules de son sang, il veut sentir encore... plus loin... jusqu'au bout... il se colle à eux, il les réchauffe...

Peut-être faut-il encore un peu attendre, retarder encore le moment... qu'il ne soit vraiment plus possible de résister, que cela vous force la main... Cela. Quoi cela, après tout ? Tous là-bas le répètent sur tous les tons, le crient sur tous les toits : il n'y a pas de « cela » qui compte. Cela n'est rien. Cela n'existe pas. Les mots seuls... Tracer d'abord des mots... N'importe lesquels, plutôt que cette attente, un pied levé au-dessus du vide, se penchant, se reculant... non, pas tout de suite, juste encore un peu de répit, juste encore un instant...

Pas d'affolement. D'abord se rassurer, s'assurer... est-il certain que toutes les conditions indispensables sont réunies, qu'ont été prises toutes les précautions ? Oui. Toutes. Tout est bien là... Des images nettes, ou floconneuses, flottant encore suspendues dans le lointain, ou passant et repassant au large... Des paroles reprises mille fois avec toutes leurs intonations... et puis ce qui n'est ni image, ni parole, ni ton, ni aucun son... des mouvements plutôt, brèves détentes, bonds, rampements, repliements, tâtonnements...

Parcelles prélevées dans la même substance... Échantillons...

Tous possèdent la même densité, tous ont cette même particularité d'être des corps conducteurs traversés par les mêmes ondes.

Affleurements... Signes, pareils à ces brèves formules auxquelles sont finalement réduits des processus chimiques ou physiques très compliqués, de longs développements mathématiques...

Tout cela va se déployer... les particules en mouvement vont s'attirer les unes les autres... vont composer une seule grande forme... elle se dessine déjà... encore vague, ouverte.. elle va un jour, parvenue à sa pleine croissance, se refermer sur elle-même, monde en miniature, satellite qui placé sur son orbite va se mettre à graviter...

Pourquoi attendre? Pourquoi encore repousser ce qui se présente avec toujours plus d'insistance?... cette image dense, lourdement chargée, celle-ci, la première surgie, qui sûrement à sa suite entraînera toutes les autres... lancinante à souhait, traversée d'élancements... quelque chose en elle se soulève à peine... un frémissement... une pulsation... palper encore et encore tout autour, appuyer... jusqu'à ce qu'enfin de là des mots commencent à sourdre... Voilà... Des mots suintent en une fine traînée de gouttelettes tremblantes... se déposent sur le papier...

Enfin le saut périlleux a été accompli. Il a pris pied de ce côté. Ici des mots postés partout montent la garde... des mots bien entraînés et disciplinés, des mots de service rompus à toutes les besognes... ils s'approchent... Qu'y a-t-il? Qu'est-ce que c'est? Une image... encore toute vacillante... Qu'à cela ne tienne. Ils battent le rappel. Ils se rassemblent en bon ordre. L'image mal dessinée et les mots hésitants qui la portaient un peu gauchement sont pris en charge, ils sont entourés, maintenus, soutenus... Voici l'image, bien mise au point, la voici, parfaitement modelée, ses formes bien prises, moulées dans les contours souples et fermes des phrases. La voici, nette comme elles, faite d'elles, — une construction complète, aucune partie n'a été négligée — une image autrement précise et éclatante que celle qui avec l'insistance pitoyable des âmes en peine depuis si longtemps revenait le hanter... La voici incarnée enfin, apaisée.

Rasséréné lui aussi, il la contemple... Ainsi une jeune mère maladroite, ignorant les préceptes de l'hygiène, revenue voir son nouveau-né tendrement dorloté et choyé, qu'elle a confié aux mains expertes d'infirmières diplômées, penchée sur lui l'observe. C'est à peine si elle le reconnaît... nettoyé, pomponné, vêtu avec soin, nourri d'aliments recommandés, tout lisse, pimpant... Elle se tient devant lui, fière de le voir si beau, un peu intimidée... et puis petit à petit une angoisse la gagne, elle est comme déchirée... elle sent que quelque chose lui manque... quelque chose d'essentiel... de vital... Il a, elle ne peut pas s'y tromper... cet enfant resplendissant de santé a comme un air un peu inerte...

Longtemps il examine l'image... l'élégante sobriété, la précision parfaite des phrases. Contenus par leurs contours les mots ruissellent en une seule coulée... Pourtant quelque chose a disparu... un élan timide, un tremblement, il le cherche... ce qui comme une petite bête aveugle se propulsait, poussant devant soi les mots, il ne le sent plus... cela a été étouffé, pris dans l'empois de ces phrases glacées... Juste peut-être ici, on dirait qu'il y a comme une vibration, une pulsation... un pouls à peine perceptible bat... il faut se dépêcher avant qu'il soit trop tard, sinon il sait maintenant ce qui va arriver... les belles phrases vont s'assembler en une forme qui aura un jour l'aspect lugubre d'un champ jonché de cadavres où ceux qui viendront retrouveront partout des visages qui leur sont connus, où chacun pourra sans peine identifier ses morts...

Mais rien n'est encore perdu, c'est encore là, encore tiède, vivant, il faut le dégager, l'arracher d'ici, faire éclater ces phrases rigides, briser ces formes parfaitement modelées.. le ranimer, que cela se dresse, se déploie librement, rejetant tout ce qui l'entrave, sauf juste ici et là ces quelques fragments...

Il va les prendre, les tailler, les polir, les disposer avec précaution... comme des petites lentilles qu'on place sur le parcours d'un rayon lumineux pour le capter, où cette chose dont il sent la présence va se concentrer, se réfracter, d'où elle va rayonner... Prendre celui-ci pour commencer, ce fragment minuscule... tout ce qui doit rester de l'image morcelée... ce bras comme celui d'un pantin articulé, qui s'étend, se replie, s'abaisse, ce poing qui s'ouvre, se referme, cette tête qui oscille de côté et d'autre...

Tirés, amenés par lui, par cet infime fragment, des mouvements, des formes encore à peine ébauchés apparaissent à perte de vue... Les mots qu'une même vibration traverse se soudent les uns aux autres... les phrases se brisent pour que cette parcelle vivante qu'elles portent ne soit pas comprimée, déformée... elles s'ouvrent pour la laisser passer librement, jaillir, ou bien elles sinuent, se retournent sur elles-mêmes — des alambics à travers lesquels elle circule, d'où elle se dégage, toujours plus réduite à elle-même, décantée...

Ce n'est pas ma faute si quelque chose entre nous a changé, s'il ne m'est plus possible de me soumettre humblement à vos jugements, de vous obéir sans hésiter. Je n'ai plus en vous la même confiance... C'est que nous ne sommes plus seuls comme autrefois, vous et moi. Ils sont tous là, ils se pressent autour de nous, autour de vous, j'entends cette rumeur qui monte d'eux et couvre votre voix... La couvre? Ou avec elle se confond?

A peine vous détachez-vous de moi — mon double qui va se placer à bonne distance et observe — que sous votre regard étrangement tout se transforme... Comme cela paraît terne... un peu mou... ou par endroits trop dur et clinquant... lâché... raide... contourné bizarrement... mièvre, coquet, ridiculement précieux, éloquent... trop droit, simplet... si évident... par-faite-ment-clair... dans votre voix des notes métalliques claquent... ces termes que vous employez maintenant, que vous avez toujours dédaignés... vous vous en souvenez, deux mots tout bêtes nous suffisaient, à vous et à moi, juste ces deux mots : c'est mort. C'est vivant. Il ne nous en fallait pas d'autres... Mais là encore, qu'est-ce que c'est? Vous fixez là un regard furieux, buté, vous avez l'air presque hébété... Qu'est-ce que vous avez détaché là et que vous me brandissez sous le nez?... Et ça, hein? Qu'en dites-vous? Ça, pris au hasard, ça peut nous servir d'exemple... Voilà donc jusqu'où on est allé... jusqu'à cette platitude, cette vulgarité... et ici... vous saisissez une grosse grammaire, vous la feuilletez exaspéré, vous la placez ouverte à la bonne page sur mon pupitre, sous mes yeux... a-t-on à ce point oublié toutes les règles? Non? On l'a fait exprès. On s'est cru assez fort pour se permettre... On a cru cela. Oui, vraiment? On s'imagine que ça n'a pas la moindre importance, on pouvait même les oublier? Mais vous savez, mon petit ami, à quoi ça vous conduit, où ça conduit des garnements de votre sorte, ces audaces, ces libertés? Au bagne, mon petit, à la potence...

Mon air atterré, écrasé, paraît vous calmer. Vous repoussez tout d'un air de dégoût, votre regard se perd au loin, vous vous présentez de profil, très à l'écart, juché... je le reconnais... c'est lui tout craché... le stylite pétrifié sur sa colonne... C'est bien ça, je le soupçonnais... Ils vous ont asservi, vous êtes obnubilé – l'affreux mot vous fait vous convulser – un domestique qui singe les façons de son maître... grotesque, imitant avec outrance ses airs « aristocratiques », sa « distinction », sa hauteur, refusant de se commettre... Vous êtes perdu pour moi, vous avez été corrompu, avili.

Dans le silence rétabli, c'est juste un craquement léger, vous l'entendez? un petit claquement... la fine pointe souple d'un fouet... les bêtes féroces qui me faisaient trembler, la platitude, la naïveté, la simplicité, la mièvrerie, l'indigence, l'ostentation, la grossièreté docilement se couchent... elle est là, vivante, sûre d'elle... il suffit qu'elle agite légèrement sa lanière souple, et les fauves domptés reprennent leur place, grimpent à son commandement sur leurs tabourets, sautent, crevant les écrans de papier, vont chercher, l'échine basse, ce qu'elle leur a lancé et le déposent à ses pieds. Rien ne lui fait peur. Elle n'est jamais plus fière et sûre de sa force que lorsqu'elle se tient ainsi au milieu d'eux.

Il faut bien le laisser revenir, il ne m'est pas possible de m'en passer. Je suis d'ailleurs cette fois si satisfait que j'en arrive à ne presque plus le craindre. Où qu'il se place, près d'eux, loin d'eux, il ne pourra pas ne pas être conquis.

Et en effet, lui aussi cette fois est tout content. Il observe un instant avec une grande attention ce que je lui présente et puis tout joyeux s'en détourne. Le voilà qui rejette fièrement la tête en arrière, bombe le torse... Pas mal, hein? Qu'en dites-vous? son regard abaissé parcourt leurs rangs... Vous voyez la qualité de tout ce qui sort de chez nous, porte notre marque?... Je le tire doucement par-derrière... Retournez-vous, oubliez-les, venez encore un peu plus près, venez voir... ici on dirait que quelque chose flanche... Cette ligne... elle est comme affaissée... il y a là et encore ici, il me semble, un vide... voyez, il suffit d'appuyer... D'un geste assuré, il retient mon bras : Non, inutile. N'essayez pas. C'est encore cette crainte maniaque... ce perfectionnisme... Qui a dit qu'achever quelque chose, c'est « l'achever »? Souvenez-vous de cela. Laissez donc. Ces creux sont excellents. Ne craignez rien, ils seront pleins à craquer. Chacun va s'empresser de les remplir, tout fier d'exhiber ses propres richesses. Permettez-leur — ils aiment tant cela — de dépenser un peu de leurs réserves, de se donner un peu de mouvement. Un peu plus de vide encore — nous en avons de beaux exemples — mettrait à l'épreuve notre pouvoir, le crédit qu'ils nous font. On ne prête qu'aux riches, et avec nous ils savent bien qu'ils ne courent aucun risque...

Ce sont ceux-là maintenant qui se pressent derrière lui, le poussent, il est serré contre eux, l'un des leurs, tout pareil à eux, je reconnais sur sa face la même expression de confiance, de bénévolence sereine... je le tire, je me cramponne à lui de toutes mes forces... restez près de moi, restons entre nous, je vous en conjure, oubliez-les... vous voyez, les doutes me reprennent... vous savez bien, ces moments d'euphorie sont si dangereux... rapprochez-vous... Sentez-vous ce pouls... ce souffle léger... cette vibration... vous seul.. — Bien sûr que ça vibre. Je vibre. Nous vibrons. On est comme galvanisés... Je sens passer le courant... Je sens, oui, je sens... oh comme c'est fort... ils se convulsent, ils tombent en transes, ils se contorsionnent, la sueur coule sur leurs fronts, vous avez chaud... le soleil vous brûle... chaud... chaud... chaud... oh comme vous avez chaud... et ils perdent toute pudeur, ils gémissent, ils arrachent leurs vêtements... Et maintenant... la voix de l'hypnotiseur a des intonations glacées... il fait froid... vous frissonnez... ils frissonnent... Très froid. On gèle. Oh comme vous avez froid. Couvrez-vous. Vite... ils boutonnent leur veste, tirent sur leurs manches, remontent leur col, se recroquevillent... De là, vous le sentez, un fluide émane, il circule en vous, vous vibrez... Je vibre, je tremble... Il faut avoir la force de m'arracher à eux, de me réveiller, de revenir à moi, il faut me boucher les oreilles, me pincer...

La suivre où elle voudra... Elle qui ne se laisse pas nommer... ce que je sens... moi seul... cette chose intacte, vivante... Je ne sais pas ce qu'elle est. Tout ce que je sais c'est que rien au monde ne peut me faire douter de sa présence. Bien que par moments je la perde de vue si longtemps que je suis sur le point de flancher, de me laisser persuader qu'elle n'existe pas.

Je la cherche, agité, anxieux, partout où il est possible qu'elle se montre, qu'elle me fasse signe... de ces petits signes entre nous que personne d'autre, semble-t-il, ne perçoit.

Et tout à coup je les vois, ils apparaissent ici, puis là, comme ces monticules de terre que la taupe pousse au-dehors, creusant son chemin... Sur eux je me jette, je fouille, là je m'enfonce, tournant pour la suivre, me perdant, je ne sais jamais où elle va...

Quand par moments je m'arrête, quand je cherche à m'orienter... où suis-je? où m'a-t-elle amené?... il m'arrive de percevoir venant de loin des chuchotements... Je reconnais des mots de là-bas... leurs mots... ils sifflent doucement à mes oreilles... Hermétisme... Il s'est égaré... Seul. Sans contact possible avec personne. A se contempler... Et aussi comme de légers ricanements... On a voulu nous échapper, hein? Nous semer en route, nous tenir à distance? Inspirer le respect?... Un œil tourné vers nous toujours, quoi qu'il y paraisse... Voyant déjà ceux d'entre nous qui se tiennent juchés sur leurs colonnes pivoter lentement, daigner, enfin impressionnés, se présenter de face, se pencher, examiner avec intérêt... Et quant aux autres... qu'y a-t-il — on n'est pas sans le savoir — de plus propice aux séances d'hypnotisme que l'obscurité?...

Heureusement elle est là, elle le seul garant, le seul guide... elle s'impatiente, nous n'avons pas de temps à perdre...

Plus près de moi, mais pas trop près... un peu à l'écart tout de même... mais assez loin de tous les autres... juste à la bonne distance... vous mon double, mon témoin... là, penchez-vous avec moi.. ensemble regardons... est-ce que cela se dégage, se dépose... comme sur les miroirs qu'on approche de la bouche des mourants.. une fine buée?

DU MÊME AUTEUR

Aux Éditions Gallimard

PORTRAIT D'UN INCONNU, *roman*.
Première édition : Robert Marin, 1948.

MARTEREAU, *roman*.

L'ÈRE DU SOUPÇON, *essais*.

LE PLANÉTARIUM, *roman*.

LES FRUITS D'OR, *roman*.
Prix International de Littérature.

LE SILENCE, LE MENSONGE, *pièces*.

ISMA, *pièce*.

VOUS LES ENTENDEZ?, *roman*.

« DISENT LES IMBÉCILES », *roman*.

L'USAGE DE LA PAROLE

THÉÂTRE :
Elle est là – C'est beau – Isma – Le Mensonge – Le Silence.

POUR UN OUI OU POUR UN NON, *pièce*.

ENFANCE

Aux Éditions de Minuit

TROPISMES
Première édition : Denoël, 1939.

COLLECTION FOLIO

1425. William Styron — *Les confessions de Nat Turner.*
1426. Jean Anouilh — *Monsieur Barnett* suivi de *L'orchestre.*
1427. Paul Gadenne — *L'invitation chez les Stirl.*
1428. Georges Simenon — *Les sept minutes.*
1429. D. H. Lawrence — *Les filles du pasteur.*
1430. Stendhal — *Souvenirs d'égotisme.*
1431. Yachar Kemal — *Terre de fer, ciel de cuivre.*
1432. James M. Cain — *Assurance sur la mort.*
1433. Anton Tchekhov — *Le Duel* et autres nouvelles.
1434. Henri Bosco — *Le jardin d'Hyacinthe.*
1435. Nathalie Sarraute — *L'usage de la parole.*
1436. Joseph Conrad — *Un paria des îles.*
1437. Émile Zola — *L'Œuvre.*
1438. Georges Duhamel — *Le voyage de Patrice Périot.*
1439. Jean Giraudoux — *Les contes d'un matin.*
1440. Isaac Babel — *Cavalerie rouge.*
1441. Honoré de Balzac — *La Maison du Chat-qui-pelote. Le bal de Sceaux. La Vendetta. La Bourse.*
1442. Guy de Pourtalès — *La vie de Franz Liszt.*
1443. xxx — *Moi, Christiane F., 13 ans, droguée, prostituée...*
1444. Robert Merle — *Malevil.*
1445. Marcel Aymé — *Aller retour.*
1446. Henry de Montherlant — *Celles qu'on prend dans ses bras.*
1447. Panaït Istrati — *Présentation des haïdoucs.*
1448. Catherine Hermary-Vieille — *Le grand vizir de la nuit.*
1449. William Saroyan — *Papa, tu es fou!*
1450. Guy de Maupassant — *Fort comme la mort.*

*Cet ouvrage a été composé
et achevé d'imprimer par l'Imprimerie Floch
à Mayenne le 10 juin 1985.
Dépôt légal : juin 1985.
1er dépôt légal dans la même collection : août 1973.
Numéro d'imprimeur : 23191.*

ISBN 2-07-036409-7 / Imprimé en France.